図書館版 本の怪談シリーズ⑪

番外編《ばんがいへん》

忘《わす》れていた怪談《かいだん》

闇《やみ》の本

作 緑川聖司

絵 竹岡美穂

もくじ

闇の本

ほんの数分前に駅を出たばかりなのに、電車はなぜか突然《とつぜん》速度を落としはじめると、とうとう停まってしまった。

こんな何もないところで、どうしたんだろうと思っていると、

「前方で信号機の故障《こしょう》があったため、停車しております。お急ぎのところ、大変申し訳《わけ》ありませんが、しばらくお待ちください」

車掌《しゃしょう》さんの落ち着いた声で、車内アナウンスが流れてきた。

ぼくは図書館で借りてきた高学年向けのミステリーを閉じると、座席《ざせき》の上で大きく伸《の》びをして、窓《まど》の外の景色を眺《なが》めた。

父さんの田舎《いなか》に帰るのは、去年の夏以来だから、約一年半振《ぶ》りだ。夏休みに帰ることが多かったので、冬に帰るのは本当に久《ひさ》しぶりのことだった。

窓《まど》からの風景も、いつもなら青々《あおあお》と茂《しげ》った田んぼが遠くまで広がっているんだけど、いまは稲《いね》がすっかり刈《か》り取られていて、なんだか知らない土地に来たみたいだ。

今年も残すところ、今日を入れてあと三日。

新幹線《しんかんせん》と特急電車を乗り継《つ》いでの、初めての一人旅だった。

冬休みとはいえ、近くにスキー場や温泉《おんせん》があるわけじゃないので、車内は家族連れがチラホラいるくらいの、のんびりとした雰囲気《ふんいき》だ。

ぼくが読みかけの本に目を戻《もど》そうとしたとき、どこからか、赤ちゃんのフギャーという泣き声が聞こえてきた。

四人がけのボックス席に一人で座《すわ》っていたぼくは、体を斜《なな》めにかたむけると、首をのばして声がした方をのぞきこんだ。通路を挟《はさ》んで斜め向かいのボックス席で、眉《まゆ》をハの字にしたお母さんが、ピンクの服を着た赤ちゃんをあやしている。

赤ちゃんの年齢《ねんれい》はよく分からないので、何ヶ月《なんかげつ》ぐらいかな、と思いながら見ていると、お母さんと目が合ってしまった。うるさくてすいません、というように頭を下げるので、ぼくも慌《あわ》てて頭を下げ返す。

なかなか泣き止まない赤ちゃんに困《こま》り果てたお母さんは、大きくため息をつくと、少し腰《こし》を浮《う》かして、向かいに座《すわ》っているお父さんらしき男の人に赤ちゃんを手渡《てわた》した。

そして、ぐっと身を乗り出すと、微笑《ほほえ》みを浮かべて、両手でそっと顔を隠《かく》した。

「いない、いない……」

手の奥《おく》から、くぐもった声が聞こえてくる。

ぼくは、まずい、と思って、とっさに目をそらそうとした。だけど、体が凍《こお》りついたみたいに固まってしまい、どうしても目が離《はな》せなかった。

心臓《しんぞう》の鼓動《こどう》が早くなって、息が苦しくなる。胸《むね》の中で不安な気持ちがどんどんふくれあがってくる。

あの手の下からあらわれるのは、本当にさっきのお母さんの顔なのだろうか。

それとも……。

「ばぁっ!」

予想以上に大きな声に、反射的《はんしゃてき》にギュッと目を閉じたぼくが、おそるおそる目を開くと、斜《なな》め前の席ではさっきのお母さんが、キャッキャキャキャッキャと笑う赤ちゃんを笑顔で抱《だ》き上げていた。

その光景に、ぼくがふーっと大きく息を吐《は》き出したとき、がたんと車両が小さく揺《ゆ》れて、電車がふたたび動き出した。

「お待たせいたしました。安全が確認《かくにん》できましたので、発車いたします」

アナウンスを聞きながら、ぼくはふたたび窓《まど》の外に目を向けた。

恥《は》ずかしくて、いままで人に話したことはないんだけど、どういうわけか、ぼくは昔から「いないいないばあ」が苦手だった。いや、苦手というより、怖《こわ》いのだ。

たまにお店や電車の中で、いまみたいに「いないいないばあ」を見かけることがあるけど、あの顔を隠《かく》した手の平の奥《おく》から、なにかすごく恐《おそ》ろしいものが現《あらわ》れるような気がして、とても見ていられないのだ。

もちろん、いないいないばあが怖いからといって、小学五年生の日常《にちじょう》になんの問題もない——はずだった。ところが、それがそういうわけにもいかなくなってきた。

来月、ぼくに妹が生まれるのだ。

そのことを知ったのは、今年の夏休みのことだった。いつものように、おじいちゃんの家に遊びにいく予定だったんだけど、お母さんの具合が悪くて直前で中止になった。そのとき、実は具合が悪いというのは「つわり」で、この冬に赤ちゃんが生まれるということを知ったのだ。

その話をはじめて聞いたときは、正直びっくりしたけど、嬉《うれ》しかった。ただ、心配事がひとつあって、実はお母さんはあまり体が丈夫《じょうぶ》じゃないのだ。今回の一人旅も、もとはといえばそれが発端《ほったん》だった。

一昨日の夜のこと。そろそろ寝《ね》ようとしていたら、お母さんが突然《とつぜん》お腹《なか》が痛《いた》いといいだして、病院に運ばれていったのだ。

検査《けんさ》の結果、お腹の赤ちゃんに問題はなかったんだけど、お母さんの血圧《けつあつ》がずいぶん下がっていたらしく、大事をとってそのまま入院することになった。そして、どうやら病院で年越《としこ》しをすることになりそうだと聞かされたのだ。

ぼくの父さんは大手スーパーに勤《つと》めていて、年末年始はすごく忙《いそが》しい。お客さんが多い上に、パートで働いてる人が正月休みを取ったりするからだ。

おかげで、いつもは商品の管理をしている父さんも、この時期だけは現場《げんば》に出て、商品の陳列《ちんれつ》をしたりレジに立ったりするらしい。スーパーは夜十一時まで営業《えいぎょう》しているので、泊《と》まりになることもある。

父さんの仕事は毎年のことで慣《な》れてるんだけど、そうなると、ぼくはひとりで年越《としこ》しをすることになってしまう。

そんなわけで、今年のお正月は、ぼくだけ父さんの実家に帰って、おじいちゃんたちと一緒《いっしょ》に年越しをすることになったのだった。

それにしても――

斜《なな》め向かいから聞こえてくる赤ちゃんの笑い声を聞きながら、ぼくはそっとため息をついた。

妹が生まれるまでには、この「いないいないばあ恐怖症《きょうふしょう》」を克服《こくふく》しないとなあ……。


電車は結局五分遅《おく》れで、目的の駅に到着《とうちゃく》した。

まだ夕方には間があるはずなのに、改札を出たときには早くも空が薄暗《うすぐら》くなりはじめていた。

ぼくが駅前できょきょろしていると、

「おーい、強志《つよし》ーっ」

ロータリーの向こう側から、大きな声が聞こえてきた。目を向けると、白い軽自動車の前で、いとこの信《しん》ちゃんが手を振《ふ》っていた。

「信ちゃん、免許《めんきょ》とったの？」

ぼくがキャリーケースをひっぱりながらかけよると、

「こないだとったばっかりや。ほら、乗って乗って」

信《しん》ちゃんはちょっと照れたように笑って、ケースをひょいっと後部座席《ざせき》に放り込《こ》むと、運転席に乗り込んだ。

おじいちゃんは父さんのお兄さん——つまり、ぼくの伯父《おじ》さん一家と同居《どうきょ》している。

信ちゃんはそこの長男で、今年大学に入ったばかりの大学一年生だ。

「一人でよう来たな。迷《まよ》わへんかったか？」

生まれてから、ずっとこの町で暮《く》らしている信ちゃんは、ぼくがシートベルトをつけたのを確《たし》かめてからアクセルを踏《ふ》みこむと、こっちの言葉で聞いてきた。

「全然大丈夫《だいじょうぶ》だったよ」

ぼくが答えると、「そうか」と元々《もともと》細い目をさらに細めて、それからすぐに眉《まゆ》を寄《よ》せた。

「それで、おばさんの具合は？」

「そっちも大丈夫」

ぼくは笑って答えた。

「電車に乗る前に病院に寄ってきたけど、顔色もよかったたし、元気そうだったよ」

「そっか」

信《しん》ちゃんはホッとした様子で微笑《ほほえ》んだ。そして、

「ちょっと寄り道するで」

といいながら、T字路《ティーじろ》を右折《うせつ》した。

「香代子《かよこ》が、塾《じゅく》の冬期講習に通ってるんや」

「香代ちゃんが？」

ぼくはちょっとびっくりして信ちゃんの顔を見た。香代ちゃんは信ちゃんの妹――つま

り、ぼくのもうひとりのいとこで、ぼくよりひとつ年上の六年生だ。

「もしかして、中学受験するの？」

ぼくの言葉を聞いて、信《しん》ちゃんは弾《はじ》けたように笑い出した。

「まさか。最近出来た塾《じゅく》が、割引《わりびき》キャンペーンやってたから、友達とひやかしでいってるだけや」

信ちゃんはそういいながら、〈売土地〉の札が立てられた空き地の前に車を停めた。道の向かい側に、五階建ての古いビルがあって、最上階の窓際《まどぎわ》に小さな人影《ひとかげ》が立っているのが見える。塾の生徒かな、と思って見上げていると、ビルからいっせいに子

どもたちが出てくるのが見えた。どうやら、授業《じゅぎょう》が終わったようだ。

その中に、髪《かみ》を頭の両側で束ねた香代《かよ》ちゃんの姿《すがた》を見つけて、信《しん》ちゃんがプッと短くクラクションを鳴らした。

こちらに気づいた香代ちゃんは、友達と少し言葉を交わすと、ドアを開けてぼくの隣《となり》の席に飛び込《こ》んできた。

「あー、疲《つか》れたー。やっぱり三時間はきついわ。あ、強志《つよし》くん、いらっしゃい。遠いとこ、お疲れさまやったね。迷《まよ》わんと来れた？」

「あ、うん、ひさしぶり」

ゆっくりと走り出す車の中でぼくがうなずき返すと、

「口挟《はさ》むひま、ないやろ？　こいつ、家でもずっとこんな感じやねん」

信ちゃんがくすくす笑いながらいった。

「うるさいなあ」

香代ちゃんは、運転席のシートを後ろからドン、とたたくと、ぼくの方を向き直って、

「なあなあ、強志くん。明日の夜って、なんか予定ある？」

突然《とつぜん》、そんなことを言い出した。

「別にないけど……」

「それやったら、さっきのビルに、肝試《きもだめ》しにいけへん？」

「肝試し？」

「うん。あのビル、学習塾《じゅく》がいくつか入ってるんやけど、その中のひとつに、〈出る〉っていう噂《うわさ》があるねん」

香代《かよ》ちゃんはにやりと笑うと、声をひそめて話し始めた。

「これは、いまから十年くらい前の話なんやけど……」

第一話　星を見る少女

（すっかり遅《おそ》くなっちゃったな……）

A《エー》君は夜空を見上げながらため息をつきました。

授業《じゅぎょう》が終わってから、分からないところを先生に質問《しつもん》していたせいで、ビルを出たときには、あたりは真っ暗になっていたのです。

星が好きなA君が、そのままの姿勢《しせい》でしばらく夜空を眺《なが》めていると、ビルの窓辺《まどべ》に、髪《かみ》の長い女の子が立っているのが見えました。A君が通っている塾《じゅく》とは、違《ちが》う階です。

その子と目が合った瞬間《しゅんかん》、A君はドキッとしました。その子がすごくかわいくて、A君のタイプだったからです。

それにしても、教室の電気は消えてるのに、あんなところでなにしてるんだろう、と思っていると、女の子は突然《とつぜん》スッと夜空を見上げて、そのまま動かなくなりました。

(あの子も星が好きなのかな)

A君はその子のことが気になったのですが、帰りの電車の時間がせまっていたので、仕方なく駅へと向かいました。

次の日。

どうしても女の子に会いたかったA君《エー》は、塾《じゅく》が終わると、今度はまっすぐその子のいた階に向かいました。ところが——

「あれ？　なんで？」

A君は階段《かいだん》をのぼったところで、ぽかんと口を開けて立ち止まりました。

その階にあったはずの塾は、いつのまにか閉鎖《へいさ》され、教室の中は使われなくなった机《つくえ》と椅子《いす》が乱雑《らんざつ》に残されているだけだったのです。

それでも、もしかしたらあの女の子がいるかもしれないと思い、A君は暗い部屋の中に足を踏《ふ》み入れました。すると、窓際《まどぎわ》にぼんやりと、女の子が背中《せなか》を向けて立っているのが見えました。

A君が声をかけようかどうしようかと迷《まよ》っていると、彼女《かのじょ》はなぜか椅子の上にのぼって、わずかにうつむきました。そして、首になにか紐《ひも》のようなものをかけると、次の瞬間《しゅんかん》、椅子を思い切りけとばしたのです。

ガタン、という音とともに椅子が倒れ、彼女の体ががくんと垂《た》れ下がります。

同時に、さっきまでうつむいていた顔が、紐《ひも》にひっぱられて、まるで空を見上げているように顔が仰向《あおむ》きました。

A《エー》君が声も出せずに動けないでいると、天井《てんじょう》からぶらさがった女の子は、首を吊《つ》ったまままくるりと半回転して、こちらを向きました。

そして、顔は仰向いたまま、目玉だけをぎょろりとA君の方に向けて、ニヤリと笑ってこういったのです。

「一緒《いっしょ》に星を見ようよ」

了

「――その女の子は、塾《じゅく》の成績《せいせき》のことで悩《なや》んでて、授業《じゅぎょう》が終わった後の教室で、首を吊って死んだらしいねん。そのせいで塾はつぶれて、その階にはいまは別の塾がはいってるんやけど、そこに女の子の幽霊《ゆうれい》が出るって言う噂《うわさ》が……」

香代《かよ》ちゃんがちょうどそこまで話したところで、車が家に到着《とうちゃく》した。

まるでお寺みたいな立派《りっぱ》な門に、車が余裕《よゆう》で停められるくらい広い庭。

このあたりでは普通《ふつう》なのかもしれないけど、ぼくが住んでるマンションからみれば、大《だい》豪邸《ごうてい》だ。

「こんにちはー」

ぼくが呼《よ》びかけると、おじいちゃんがニコニコしながら玄関《げんかん》まで出迎《でむか》えてくれた。

「おー、強志《つよし》か。いらっしゃい。ひとりでよう来たなあ」

おじいちゃんは、八年前まで地元の中学校で歴史を教えていて、いまでも市民学習センターで歴史の講師《こうし》をしている。退職《たいしょく》と同時に伸《の》ばし始めたひげが、いまではずいぶん立派になって、歴史の先生というよりはまるでサンタクロースみたいだ。

地元の銀行に勤《つと》めているおじさんは今日も仕事で、おばさんは近所のスーパーに買い物に出かけているらしい。

ぼくはいつも泊《と》まっている離《はな》れの一室に通された。離れとはいっても、母屋とは廊下《ろうか》でつながっていて、凹の字型をした母屋から、裏庭《うらにわ》に沿《そ》って廊下がまっすぐに飛び出ている。

その廊下沿《ろうかぞ》いに、客室が並《なら》んでいるのだ。

ぼくは部屋に荷物だけ放り込《こ》むと、おじいちゃんと一緒《いっしょ》に仏間《ぶつま》に向かった。

ぼくがまだ生まれる前に亡《な》くなったおばあちゃんにお線香をあげて、居間《いま》に戻《もど》ると、信《しん》ちゃんと香代《かよ》ちゃんが、こたつにお茶とお菓子《かし》を用意して待ってくれていた。

「それで、肝試《きもだめ》しどうする?」

最中《もなか》をほおばりながら、香代ちゃんが聞いてきた。ぼくは「うーん」とうなって、

「さっきの話に出てきた部屋って、もしかして、あのビルの五階の右から二番目?」

と聞いてみた。

「うん。そうやけど……」

ぼくの言葉に、香代ちゃんはいぶかしげに目を細めた。

「……わたし、そこまで話したっけ?」

「話してないよ」ぼくは首を振《ふ》った。

「ただ、さっき車の中で香代ちゃんを待ってたとき、最上階の右から二番目の窓《まど》に、空を見上げる男の子と女の子の人影《ひとかげ》が見えたんだ」

「え……」

ぼくの言葉に、香代《かよ》ちゃんは口に手を当てて絶句《ぜっく》した。そして、しばらくなにか考えていたみたいだったけど、やがて立ち上がると、

「ちょっと、友達に電話してくる」

そういって、足早に部屋を出て行った。ぼくがその後ろ姿を見送っていると、

「ありがとう。助かったわ」

信《しん》ちゃんがぽつりと呟《つぶや》いた。

「え？」

「いや……あそこはほんまにやばいんや」

信ちゃんはお茶を飲みながら、真剣《しんけん》な顔で話し出した。

「おれが五年生のときやから、もう十年近く前かな。そのころにはもう、『星を見る少女』の話はひろまってたんや。

当時、クラスの友達にS《エス》っていう奴《やつ》がおって、あのビルの三階か四階にあった塾《じゅく》に通ってたんやけど、ある日、塾の友達のT《ティー》って奴に、肝試《きもだめ》しに誘《さそ》われたらしい。

二人ともビルの近くに住んでたから、いったん寝《ね》たふりして、夜中に家を抜《ぬ》け出す約束をしてたんやけど、S《エス》は抜け出そうとしたところを見つかって、親に連れ戻《もど》された。携帯《けいたい》なんかもってないし、家に電話するわけにもいけへんから、T《ティー》に連絡《れんらく》は取られへんかったんやけど、待ち合わせ場所に自分がおらんかったら諦《あきら》めて帰るやろ、そう思って、Sはそのまま寝てしまったんや。

次の日、昨夜のことを謝《あやま》ろうと思って、SはTの家をたずねた。ところが、学校が違《ちが》うからSは知らんかったけど、Tは前の晩《ばん》に家を抜け出したっきり行方不明《ゆくえふめい》になってて、大《おお》騒《さわ》ぎになってたんや。

びっくりしたSは、Tの家族に肝試《きもだめ》しのことを正直に話した。

Tの家族は、すぐに警察《けいさつ》に連絡して、ビルの中を徹底的《てっていてき》に探《さが》してもらったんやけど、結局なにもみつからんかったし、Tも帰ってこんかった。

その晩《ばん》のことや。

自分の部屋のベッドで寝ていたSは、夜中にふと目を覚ました。はっきりとは分からんけど、窓《まど》のあたりに人の気配がする。

S《エス》がじっと目を凝《こ》らすと、窓《まど》の前にぼんやりと、T《ティー》の姿《すがた》が見えた。

しかも、Tはどういうわけか、あごをグッと上げて、目玉だけをこっちに向けた状態《じょうたい》で、Sをじっとにらんでたんや。

Sは起きあがろうとしたけど、体が動かへんし、声も出えへん。Tはぶつぶつ呟《つぶや》きながら、床《ゆか》の上を滑《すべ》るようにして、スーッと近づいてきた。

『S……なんで来てくれへんかったんや……約束したやないか……』

(すまんかった。T、許《ゆる》してくれ……)

Sはぎゅっと目をつむって、心の中で必死に手を合わせた。

次に目を開けたときには、Tの姿は部屋のどこにもなかったそうや」

信《しん》ちゃんはホッと息をつくと、湯飲みに残っていたお茶を一気に飲み干《ほ》した。

「だったら、あの部屋には女の子とA君のほかに、そのT君の幽霊《ゆうれい》もいたっていうこと?」

ぼくはごくりと唾《つば》をのみこむと、小さな声で言った。信ちゃんは小さく首をひねって、

「さあ……ただ、あそこはほんまにやばい気がしたから、なんとかやめさせようと思って、この話を香代子《かよこ》にもしたんやけど、あいつ、作り話やと思って全然信じようとせえへんね

ん。まあ、いまの強志《つよし》の話であきらめてくれたと思うけど……」

苦々《にがにが》しげに眉《まゆ》を寄《よ》せる信《しん》ちゃんに、

「香代《かよ》ちゃんのこと、心配してるんだね」

ぼくはちょっとうらやましく思いながらいった。そして、

「信ちゃん、香代ちゃんが生まれたときのことって覚えてる？」

と聞いてみた。信ちゃんはちょっとびっくりしたみたいに瞬《まばた》きをして、それからにやりと笑うと、

「そうか……強志も、もうすぐお兄ちゃんになるもんな」

そういって、天井《てんじょう》を見上げた。

「香代子《かよこ》が生まれたのは、たしかおれが七歳《さい》……二年生の時やったかな。妹が出来たってゆっても、おれも学校があったし、友達とも遊びたかったから、香代子とは寝《ね》る前にちょっと遊ぶくらいで……あ、そやけど、香代子が好きやったから、これはしょっちゅうやってたらしいで」

そういうと、信ちゃんは突然《とつぜん》両手で顔をおおい隠《かく》して、「いないいない……」といいだ

した。

体中の毛が一気に逆立《さかだ》つ。気がつくと、ぼくは「やめて！」と大声で叫《さけ》んでいた。

信《しん》ちゃんが大きく目を見開いて、ぼくの顔を見つめている。

「どないしたんや？」

ぼくはちょっと迷《まよ》ってから、いないいないばあが怖《こわ》いことを告白した。

信ちゃんは、しばらく難《むずか》しい顔で腕《うで》を組んでいたけど、やがて腕をほどくと、

「いないいないばあが怖い人って、けっこういるらしいで」

思ってもみなかったことを言い出した。

「え？　そうなの？」

ぼくが驚《おどろ》いて聞き返すと、信ちゃんは「心理学科の友だちから聞いたんやけどな……」

と前置きをしてから話し出した。

「小さな子どもにとっては、手で顔を隠《かく》すだけでも、その人が本当にいなくなったみたいに思えるらしいんや。そやから、すぐに『ばぁっ』って顔を見せたら、その人が帰ってきたと思って喜ぶんやけど、例えばそのときに、冗談《じょうだん》でも怒った顔を見せたり、顔を隠した

ままどこかにいったりすると、それが記憶《きおく》に残って、大きくなってからもいないいないばあが苦手になる人がいるらしい」

「へーえ」

初めて聞いた話だったけど、なんとなく分かる気がした。ぼくがうなずいていると、

「強志《つよし》もなんか、そういうことがあったんと違《ちが》うか？」

信《しん》ちゃんが聞いてきたので、ぼくはちょっと考えてから首をひねった。

「覚えてないなあ。ただ、なんとなくだけど……」

ここがきっかけのような気がするんだ、とぼくはいった。

「ここって、この家のことか？」

「この家かどうかは分からないけど、とにかく、こっちに帰ってきたときに、すごく怖《こわ》い思いをしたような気がする」

「そやけど、強志がいないいないばあをされるくらい小さかったときは、長旅が大変やからって、こっちにはあんまり来てなかったやろ？　お前がこっちによう来てたんわ、三歳《さい》の……」

そこまでいって、信ちゃんは急に言葉をとぎらせると、うかがうような目でぼくを見た。

「大丈夫《だいじょうぶ》。気にしないで」ぼくは笑顔でいった。

「八年も前のことだし、もう、いまのお母さんと過ごした時間の方が長いんだから」

ぼくを生んでくれたお母さんは、ぼくが三歳《さい》の時に病気で亡《な》くなった。それからしばらくは父さんと二人暮《ぐ》らしだったし、まだ就学前《しゅうがくまえ》だったので、その頃《ころ》が一番、父さんの実家であるこの家で過ごすことが多かったと思う。

それから三年が経《た》ち、ぼくが小学校に入るのと同時に、父さんは再婚《さいこん》した。だから、ぼくにとっては生んでくれたお母さんよりも、いまのお母さんと過ごした年月の方が長いということになる。それなのに、いまだになんだか遠慮《えんりょ》があって、父さんのことは父さんと呼《よ》べるのに、お母さんはお母さんのままだった。

妹が生まれたら、それをきっかけに「母さん」って呼んでみようかな——そんなことを考えていると、

「もしかしたら、いないいないばあを扱《あつか》った絵本かなんかを見たんかも……それやったら、あそこかもしれへんな」

信《しん》ちゃんがひとりで呟《つぶや》いて、パシン、とひざを叩《たた》いた。

「あそこって？」

「ほら、幽霊屋敷《ゆうれいやしき》」

「ああ……」

幽霊屋敷というのは、町外れの丘の上に建っている西洋風のお屋敷のことだ。いかにも何か出そうな建物で、もう何年も前から、誰《だれ》も住まずに放置されているらしい。

「たしか、あの屋敷の中には、怖《こわ》い本が大量に集められた部屋があるっていう噂《うわさ》が……」

「でも、ぼく、あそこに入ったことあったかな……」

「それが、あるんや」

「え？」

信ちゃんの話によると、五年前、ぼくが小学校にあがる直前くらいの時に、信ちゃんと香代《かよ》ちゃんと三人で、幽霊屋敷に探検《たんけん》に入ったことがあったらしい。

「ちょうど、幽霊が出るって噂がひろまってたころで……もしかしたら、そのときに怖い本とか怖い絵とか、いないいないばあに関係する何かを見たのかも」

「でも、全然覚えてないよ」

「ほんまに怖《こわ》い思いをしたときは、意識的《いしきてき》に記憶《きおく》を封印《ふういん》することがあるらしいで。なんやったら、いまから見にいってみるか？」

「いまからって……でも、鍵《かぎ》がかかってるんじゃないの？」

早くも腰《こし》を浮《う》かせかけている信《しん》ちゃんに、ぼくがあわてて声をかけると、信ちゃんは思いもよらないことを言い出した。

「大丈夫《だいじょうぶ》。鍵ならうちにあるから」

「え？」

「実は、あのお屋敷《やしき》、うちの土地なんや」

ぼくは呆気《あっけ》にとられた。おじいちゃんの家が、この辺の土地をいくつか管理しているのは知ってたけど、まさかあの幽霊《ゆうれい》屋敷までがそうだとは思わなかった。

「家賃《やちん》がいまでも引き落とされてるらしいから、正確《せいかく》には、あそこはいまでも借りてる人のものなんやけど、なにかあったときのために、一応《いちおう》うちでも鍵を預《あず》かってるんや。ほら、暗くなる前にいくで」

信《しん》ちゃんはニッと笑って、腰《こし》をあげた。

冬のやわらかな夕暮《ゆうぐ》れがはじまろうとする中、ぼくと信ちゃんは誰《だれ》もいない坂道を並《なら》んで歩いていた。

小さな児童公園の前を通り過ぎて、細い坂道に入ると、建物が一気になくなって、道の両側は林か空き地ばかりになる。

やがて、大きなカーブを左に曲がると、前方に三角の屋根が見えてきた。

屋根のてっぺんには、使い古した十円玉のような色をした風見鶏《かざみどり》がたっていて、風が吹《ふ》くたびに、回るのではなく、ギシギシと音をたててゆれている。

赤レンガの塀《へい》に沿《そ》って歩いていくと、あちこちがさびついた白い格子《こうし》の門扉《もんぴ》が現《あらわ》れた。

ぼくは、表札にかろうじて残された文字を読み取ろうとした。

「山《やま》……岸《ぎし》?」

これが、行方不明《ゆくえふめい》になったという住人の名前だろう。

信《しん》ちゃんはポケットから鍵《かぎ》の束を取り出すと、門の前を通り過ぎて、そのとなりにある一回り小さな通用門の鍵を開けた。

ギギギギ……と金属《きんぞく》のきしむ音を響《ひび》かせながら、門がゆっくりと開く。

ぼくは信ちゃんの後に続いて、通用門をくぐった。

門の中は、ひどい荒《あ》れようだった。背《せ》の高い雑草《ざっそう》が伸《の》び放題になっていて、枯《か》れた草や葉があちこちに積《つ》もっている。かろうじて見える石畳《いしだたみ》を通って玄関《げんかん》までたどりつくと、信ちゃんはさっきの鍵束をふたたび取り出して、鍵穴《かぎあな》に差し込《こ》んだ。カチャッ、と意外に軽い音がして、鍵が開く。

信ちゃんはちょっと緊張《きんちょう》した様子で呼吸《こきゅう》を整えると、焦茶色《こげちゃいろ》をした重そうなドアを、グッと手前に引いた。

ドアが開くと同時に、冷気のようなものが家の中からあふれでてくる。

ぼくたちは顔を見合わせると、同時に足を踏《ふ》み入れた。

幽霊屋敷《ゆうれいやしき》の中は薄暗《うすぐら》い上に空気がよどんでいて、まるで海の底にいるみたいだった。

「陽《ひ》が暮《く》れるまで、あんまり時間がないから、手分けして探《さが》そか」

信《しん》ちゃんの言葉に、ぼくは迷《まよ》いながらも「うん」とうなずいた。一人で探《さが》すのはちょっと怖《こわ》かったけど、外はまだ明るいし、なにかあったら大声を出せばいい。

信ちゃんが一階を、ぼくが二階を見てまわることにして、ぼくたちは二手に分かれた。

入る前は、なんだかすごく大きなお屋敷《やしき》のような気がしていたけど、入ってみると案外普《ふ》通《つう》の家だった。

歩くたびに舞《ま》い上がるほこりに口元をおさえながら、一部屋ずつ順番に見ていく。だけど、どの部屋にも本なんて一冊《さつ》もなかった。それどころか、机《つくえ》と椅子《いす》とベッドがおいてあるくらいで、家具もあまりない。まるで、引っ越《こ》しを途中《とちゅう》でやめてしまったみたいだな——そんな風に思いながら、なにげなく階段《かいだん》の裏《うら》をのぞきこんだぼくは、暗がりの中に人影《ひとかげ》を見つけてドキッとした。

目を凝《こ》らして正体に気づき、ほっと胸《むね》をなでおろす。

この家の二階は、階段をあがったところにまっすぐな廊下《ろうか》があって、その両側に部屋が並《なら》んでるんだけど、その廊下とは反対側、階段の裏手に物置のようなスペースがある。使われていない椅子《いす》や、空っぽの衣装《いしょう》ケースが積み上げられてるんだけど、その奥《おく》に、大きな姿見《すがたみ》が立てかけてあったのだ。

なーんだ、と苦笑しながら、自分の姿がうつった鏡に近づいたぼくは、ふと、記憶《きおく》の奥底になにかひっかかるものを感じて、鏡に手を伸《の》ばした。

ぐっと力を入れて、鏡を少しずらす。すると、その裏《うら》から姿見よりひとまわり小さなドアが姿を現《あらわ》した。

偶然《ぐうぜん》なのか、わざと隠《かく》していたのかは分からないけど、ぼくは姿見にすっぽりと隠れていたそのドアのノブをつかんだ。ひんやりとした感触《かんしょく》が伝わってくる。

ドアノブは、かすかに金属《きんぞく》のきしむ音を響《ひび》かせながら、くるりとまわった。

深呼吸《しんこきゅう》をしてから、そっとドアを開けたぼくは、部屋の中を見た瞬間《しゅんかん》、その迫力《はくりょく》に圧倒《あっとう》された言葉を失った。

ほかの部屋に比べて、ずいぶんと狭《せま》いその部屋は、壁《かべ》という壁が、すべて本棚《ほんだな》で埋《う》め尽《つ》くされていたのだ。

天井《てんじょう》近くに明り取りの窓《まど》があって、なんとか文字が読めるくらいの明るさはある。

ぼくは、本棚《ほんだな》にびっしりと並《なら》べられた背表紙《せびょうし》のタイトルを順番に読んでいった。

『ある紳士《しんし》の回想録』
『本当にあった都市伝説』
『いまはもういない君へ』
『日本全国犯罪《はんざい》マップ』
『おしゃべりなオウム』

作者もジャンルもばらばらで、中には外国語で書かれた本もある。だけど、子どもが読むような本はなさそうだな、と思いながらさらに背表紙を見ていくと、

「あれ？」

何かを蹴飛《けと》ばした気がして、ぼくは足を止めた。足元を見ると、本が一冊《さつ》、床《ゆか》の上に落ちている。

ぼくはその場にしゃがみこむと、本を拾い上げた。

『闇《やみ》の本』

紫《むらさき》と黒が混ざったような暗い色合いの表紙に、闇を煮詰《につ》めたみたいな深い黒でタイトルが書かれている。作者の名前はどこにもない。

なにげなく中身をパラパラとめくったぼくは、ハッとして手を止めた。

目次はないけど、どうやら怖《こわ》い話をたくさん集めた短編集《たんぺんしゅう》のようだ。そして、その最初に載《の》っている話のタイトルが『いないいないばあ』だったのだ。

ぼくは、本棚《ほんだな》にもたれかかるようにして、薄暗《うすぐら》い部屋の中で本を読み始めた。

第二話　いないいないばあ

「自分の口から吐《は》き出されたものの正体に気づいて、わたしはゾッとした。

それは、部屋の四隅《よすみ》に貼《は》ったはずのお札だったのだ。

激《はげ》しく咳《せ》き込《こ》むわたしの耳元で、鈴《すず》を転がしたような、女の子の可愛《かわい》い声が聞こえた。

『そんなの、効《き》かないよ』」


そこまで書いたところで、わたしはキーボードを叩《たた》いていた手を止めて、大きく伸《の》びをした。

時刻《じこく》はちょうど午前零時《れいじ》。このペースでいけば、明日の昼過ぎには、なんとか仕上がりそうだ。

わたしは椅子《いす》を回して立ち上がると、窓《まど》を開けた。秋の冷たい夜風が気持ちいい。

わたしが住んでいるアパートの裏手《うらて》には、ジャングルジムとブランコと砂場《すなば》があるだけの小さな児童公園がある。昼間は小さな子どもの声でにぎわっているが、いまは人影《ひとかげ》もなく、月の光を受けながらひっそりと静まり返っていた。

二階の窓《まど》からその公園を見下ろしていたわたしは、ハッとして身を乗り出した。公園の奥《おく》にあるベンチの前に、ベビーカーが一台、ぽつんと取り残されているのが見えたのだ。

ベビーカーは向こうをむいているので、赤ん坊《ぼう》が乗っているかどうかは分からないが、もし乗っているなら放ってはおけない。

わたしは窓を閉めて上着を羽織《はお》ると、部屋を飛び出した。

階段《かいだん》を駆《か》け下りて、公園に足を踏《ふ》み入れたところで、わたしは足を止めた。

窓から見ていたときには気づかなかったのだが、白いワンピースを着た母親らしき女性《じょせい》がベビーカーのそばに立っていたのだ。ちょうどいないいないばあをしているみたいに、両手で顔を隠《かく》している。

近所の母親が、夜泣きした子どもをあやすために、散歩をしていたのだろう。

ほっと胸《むね》をなでおろして、わたしが部屋に帰ろうとした時、ジャージ姿《すがた》の若《わか》い男性《だんせい》がわたしとすれ違《ちが》うようにして、公園に走りこんできた。ベビーカーに駆《か》け寄《よ》って、中をのぞきこんだその男は、安心した様子で大きく息をつくと、わたしに目をとめて、ベビーカーを押《お》しながらこちらに近づいてきた。

ベビーカーの中では、白い毛糸の帽子《ぼうし》をかぶった赤ん坊《ぼう》が、幸せそうに指をしゃぶりながら寝息《ねいき》をたてている。わたしがその様子に目を細めていると、

「あの……この辺に、ほかに誰《だれ》かいませんでしたか？」

男は突然《とつぜん》、奇妙《きみょう》な質問《しつもん》をなげかけてきた。わたしが当惑《とうわく》して、男の顔をじっと見つめていると、男は頭をかきながら、

「いや……実は、ぼくはこの近くのアパートに住んでるんですけど、ちょっと目を離《はな》したすきに、この子が部屋から急にいなくなってしまって……ベビーカーもなくなっていたので、慌《あわ》てて部屋を飛び出したら、なぜかこんなところに……」

言い訳《わけ》するような口調でそんな話をした。

「ご家族の方が、散歩に連れて来られたんじゃないんですか?」

答えながら、わたしがベンチを振《ふ》り返ると、さっきの女性《じょせい》はいつの間にか姿《すがた》を消していた。どこにいったんだろう、と思っていると、

「それはありません」と、男は首を振った。

「今夜《こんや》、部屋にいたのは、ぼくとこの子の二人だけだったんですから」

それじゃあ、あの女性はいったい何者だったんだろう——そう思いながら、

「でも、さっきまで白いワンピースを着た女の人が一緒《いっしょ》にいましたよ」

わたしが答えると、男の顔から一気に血の気が引いた。そして、ベンチの方にチラッと目をやると、ぶるぶると震《ふる》えながら、逃《に》げるように公園から立ち去っていった。

わけが分からないまま、とにかく部屋に帰ろうと振り返ったわたしは、びっくりして声にならない悲鳴をあげた。

わたしのすぐ背後《はいご》に寄《よ》り添《そ》うようにして、白いワンピースの女性が、さっきと同じ両手で顔を隠《かく》した姿勢《しせい》で立っていたのだ。

「あ、あの……」

わたしがおそるおそる声をかけると、女性《じょせい》は同じ姿勢《しせい》のまま、わずかに顔をあげた。

「あなた、あの赤ん坊《ぼう》のお母さんじゃないんですか？」

しかし、女性はなにも答えようとしない。沈黙《ちんもく》に耐《た》えられなくなったわたしは、好奇心《こうきしん》もあって、

「どうしてそんな格好《かっこう》をしてるんですか？」

と聞いてみた。すると、

「だって……」

低く、くぐもった声が、手のひらの奥《おく》からもれでてきた。

「こうしてないと、落ちてしまうんです」

女性《じょせい》はそういって、ゆっくりと両手を開いた。
まっ白な顔が現《あらわ》れたかと思うと、次の瞬間《しゅんかん》、

ドスンッ！

手に支《ささ》えられていた頭は、まるでボーリングの球のように地面に落ち、そのままごろごろと転がって、わたしの足元で止まった。
そして、悲しげな目でわたしを見上げると、

「ね？　落ちたでしょ？」

そう呟《つぶや》いて、さびしげに笑った。
そのあとのことは、よく覚えていない。気がつくとわたしは、自分の部屋で布団《ふとん》をか

ぶって、震《ふる》えながら朝を迎《むか》えていた。

その後、近くのアパートで、妻《つま》を殺した男が逮捕《たいほ》されたと噂《うわさ》に聞いた。まだ幼《おさな》い子どものいるその男は、妻の死体をスーツケースに入れて運ぶために、妻の首を切り落としたらしい。

それ以来、ひとりで道を歩いていると、時折あの白い服の女性《じょせい》が道端《みちばた》に立っていることがある。

わたしが無視《むし》して通り過ぎると、後ろから「ねえ」という声と、ドスン、という鈍《にぶ》い音が聞こえてくることがあるが、わたしは決して振《ふ》り向かないようにしている。

了

「なにを読んでるの？」

突然《とつぜん》声をかけられて、ぼくは喉《のど》の奥《おく》で悲鳴をあげながら飛び上がった。

振《ふ》り返ると、いつのまにか知らない男の人が、ドアのところに立って微笑《ほほえ》んでいた。心《しん》臓《ぞう》のどきどきがおさまらないぼくが、胸《むね》をおさえて固まっていると、

「ごめんごめん。おどかしちゃったみたいだね。もしかして、君も幽霊屋敷《ゆうれいやしき》の探検《たんけん》に来たの？」

男の人はそういって笑った。ぼくが呼吸《こきゅう》を整えながら、うなずこうかどうしようかと迷《まよ》っていると、

「警戒《けいかい》しなくてもいいよ。ぼくも似《に》たようなものだから」

男の人は部屋の中をぐるりと見回しながら、

「ぼくは山岸《やまぎし》。ここは、ぼくの伯父《おじ》さんの家なんだ」

そんなことを言い出した。ぼくがびっくりしていると、

「もっとも、いまは誰《だれ》も住んでないんだけどね」

男の人――山岸さんは、にっこり笑って一方的に話し出した。

山岸さんの話によると、大学の教授《きょうじゅ》をしていた山岸さんの伯父さんは、五年前、突然こ

の家に引っ越《こ》してきたかと思うと、その直後に行方不明《ゆくえふめい》になってしまった。

その結果、この家には誰《だれ》も住む人がいなくなってしまったんだけど、山岸教授《やまぎしきょうじゅ》はどういうわけか、もし自分がいなくなっても、預金《よきん》がなくなるまで家賃《やちん》を引き落とし続けるという契約《けいやく》をしていたので、そのおかげでいまでもそのまま残っているということだった。

「だから、本当はぼくも勝手に入るのはあんまりよくないんだけどね……怖《こわ》いもの見たさで、こっそり入ってきちゃったんだ」

「怖いもの見たさ？」

意外な言葉に、ぼくが家主の関係者であることも言いそびれて聞き返すと、山岸さんはうなずいて、

「きみも気をつけた方がいいよ。この部屋には呪《のろ》われた本が集まっているからね」

ささやくような声でそういった。

「え？」

ぼくは反射的《はんしゃてき》に本棚《ほんだな》を見上げた。たしかに、この家自体には何か出てきそうな雰囲気《ふんいき》があるけど、ここに並《なら》んでいる本は、タイトルを見る限り、あんまり怖そうな感じはしない。

ぼくがそう思っていると、

「怖《こわ》そうに見えないからって、呪《のろ》われていないとは限らないんだよ」

山岸《やまぎし》さんはまるでぼくの心を読んだみたいにそういって、かすかに笑った。

「伯父《おじ》さんは、大学で民俗学《みんぞくがく》的な見地から、怪談《かいだん》や都市伝説の研究をしていたんだけど、いつからか中身が怖い本よりも、本そのものにいわくや因縁《いんねん》のあるような、禍々《まがまが》しい本を集めるようになったんだ」

「本そのものにって、どういう意味ですか？」

ぼくがたずねると、

「たとえば、この本だけど……」

山岸さんは、近くの棚《たな》に手をのばして、『ある紳士《しんし》の回想録』を手に取った。

「これは、長年に渡《わた》って何十人もの人を殺してきた殺人鬼《さつじんき》が、死刑《しけい》を目前にして、刑務所《けいむしょ》で自分の一生を振《ふ》り返って書いた本なんだ。もっとも、殺人の様子があまりにも詳《くわ》しく、リアルに書かれていたせいで、発売直後に回収《かいしゅう》されてしまったんだけどね」

ところが、山岸教授《きょうじゅ》は回収される前に本を手に入れて、そのまま手元に置いておいたらしい。

「それから、これは……」

山岸《やまぎし》さんが次に手にとったのは『本当にあった都市伝説』だった。

「この中に『決して人に話してはいけない都市伝説』っていうのが載《の》ってるんだけど、この本が出版《しゅっぱん》された直後、この本の作者が、その都市伝説の通り、神社の鳥居《とりい》で首を吊《つ》って死んでいたらしい」

それからも山岸さんは、本棚《ほんだな》から本を取り出しては、

「この本は、一見すると普通《ふつう》の恋愛《れんあい》小説なんだけど、途中《とちゅう》のページに猛毒《もうどく》がしみこませてあって、知らずにページをめくっていくと、最後まで読めずに死んじゃうんだって」

とか、

「これは悪魔《あくま》を呼《よ》び出す方法が書かれてる黒魔術《くろまじゅつ》の本なんだけど、この中にひとつだけ、本物の黒魔術がのっていて、その呪文《じゅもん》を唱《とな》えると魂《たましい》を悪魔に持っていかれちゃうらしい」

とか、

「これは十八世紀の詩人が、恋人《こいびと》のことをどれだけ愛しているかをうたった詩集なんだけ

ど、実は本のカバーが、その彼女《かのじょ》の皮でできているんだ」

とか、

「これは百物語の本なんだけど、九十九話までしか載《の》ってない。噂《うわさ》では、一晩《ひとばん》で最後まで読んでしまうと、その人にとって一番怖《こわ》い話が、百話目にあらわれるらしいよ」

などと、本にまつわるいわれを次々《つぎつぎ》と語った。ぼくが圧倒《あっとう》されて、言葉を失っていると、

「中でも、一番恐《おそ》ろしいといわれているのが『闇《やみ》の本』なんだ」

山岸《やまぎし》さんはそういって、ぼくの目をじっとのぞきこんだ。ぼくはなんだかゾクッとして、手にしていた本を思わず近くの本棚《ほんだな》に押《お》し込《こ》みながら聞いた。

「それって、どういう本なんですか?」

「なんでも、本そのものが呪《のろ》いみたいなもので、本を手に入れたり、少しでも読んでしまうと、本に命を吸《す》い取られて、二、三日で本に取り込《こ》まれてしまうらしい」

そこまで話した山岸さんは、声のトーンを落として、

「伯父《おじ》さんが最後に探《さが》していたのが、その『闇の本』だったんだ」

とつけ加えた。

「それで……その本は見つかったんですか？」

「うん」と、山岸《やまぎし》さんはうなずいた。

「行方不明《ゆくえふめい》になる直前、伯父《おじ》さんは『ついに本物の呪《のろ》われた本を見つけたぞ』っていってたんだ。だけど、そのまま姿《すがた》を消してしまった……」

「その呪いから逃《のが》れる方法はないんですか？」

ぼくが緊張《きんちょう》しながら聞くと、山岸さんは眉《まゆ》を寄《よ》せて、難《むずか》しい顔で首をひねった。

「それが、あることはあるらしいんだけど……」

「……だけど？」

「そのヒントが、本の中にあるらしいんだ」

山岸さんは肩《かた》をすくめた。

「つまり、この本を手に入れた人は、呪いに取り込《こ》まれてしまう前に、本の中からその方法を見つけ出さないといけないんだよ」

ぼくは、さっき『闇《やみ》の本』を押《お》し込んだ本棚《ほんだな》のあたりに、チラッと目をやった。常識《じょうしき》で考えたら、そんな本が存在《そんざい》するわけないんだけど、山岸さんの話を聞いているうちに、な

んだか背中《せなか》がゾクゾクしてきたのだ。

ぼくが、すでに『闇《やみ》の本』を読んでしまったことを、山岸《やまぎし》さんに打ち明けようかどうしようかと迷《まよ》っていると、

「強志《つよし》ー」

どこか遠くの方で、信《しん》ちゃんの声がした。どうやら、家の外から聞こえてくるようだ。気がつくと、部屋の中もずいぶん暗くなってきている。

「誰《だれ》かと一緒《いっしょ》なの？」

山岸さんに聞かれて、ぼくは「はい」とうなずいた。

「いとこと来てるんです。もう帰らないと……」

ドアに向かおうとしたぼくは、本来の目的を思い出して、山岸さんに向き直った。

「あの……ここに〈いないいないばあ〉の出てくる絵本はありませんか？」

「〈いないいないばあ〉？　いや、見たことないなあ……そもそも絵本とか、子ども向けの本はここには置いてないと思うよ」

「そうですか……」

肩《かた》を落とすぼくに、

「あの……ひとつお願いがあるんだけど」

山岸《やまぎし》さんが少し腰《こし》をかがめて、ささやくようにいった。

「そのいとこには、ぼくとここで会ったことは内緒《ないしょ》にしておいてもらえるかな。一応《いちおう》、不《ふ》法侵入《ほうしんにゅう》みたいなものだから……」

ぼくはちょっと考えてからうなずいた。山岸さんがここの住人の親戚《しんせき》というのが本当ならば、特に問題はないだろうと思ったのだ。

それに、どうやらここには、探《さが》してるものはないみたいだし……。

もう一度本棚《ほんだな》を見回して、部屋を出ようとしたぼくは、「あれ?」と思って足を止めた。

ほんの数秒間、目をそらしている間に、山岸さんの姿《すがた》が部屋から消えていたのだ。

ドアは閉まったままだ。そういえば、山岸さんが現《あらわ》れた時も、ドアが開く音はしなかったような……。

ぼくはなんだか背筋《せすじ》が寒くなるような気がして、逃《に》げるように部屋を飛び出した。

建物の外に出ると、信《しん》ちゃんが庭から屋敷《やしき》を見上げていた。

「どうやった？　見つかったか？」

と聞いてくる信ちゃんに、ぼくは一瞬《いっしゅん》、あの部屋のことを話そうかどうか迷《まよ》ったけど、そうすると、山岸《やまぎし》さんのことも話さないといけないような気がしたので、結局黙《だま》って首を横に振《ふ》った。

「そうか。こっちもや」

信ちゃんは肩《かた》を落としていった。空はすっかり夕闇《ゆうやみ》に染《そ》まっている。

「急ごか」

通用門を出て、早足で歩き出す信ちゃんのあとをついていったぼくは、しばらく歩いたところで、道の先に白い人影《ひとかげ》を見つけて、思わず足を止めた。

誰《だれ》もいない公園の前に、白いワンピースを着た女の人が立っている。女の人は、まるでいないいないばあでもしているみたいに、両手で顔をおおっていた。

もちろん、近くにはベビーカーも子どもの姿《すがた》もない。

「──ん？　どないした？」

信《しん》ちゃんが立ち止まって、不思議そうにぼくを振《ふ》り返る。どうやら、女の人の姿《すがた》には気づいてないみたいだ。

「なんでもない。早く帰ろう」

ぼくはうつむくようにして足を速めると、信ちゃんの先に立って歩き出した。女の人との距離《きょり》がどんどん縮《ちぢ》まっていく。

まさか、両手を離《はな》した途端《とたん》に、首がごろりと転がったりしないよな――そんなことを考えながら、女の人の前を足早に通り過ぎようとしたとき、突然《とつぜん》ドスンと、まるでボーリングの玉でも落ちたような音がした。

ぼくが足を止めて固まっていると、足元から女の人の声が聞こえてきた。

「見えてるくせに」

家に帰ると、ちょうど晩御飯《ばんごはん》の準備《じゅんび》ができたところだった。

おじさんも仕事から早めに帰ってきてくれたらしく、いつもに比《くら》べるとずいぶんにぎやかな食卓《しょくたく》だ。

うちは父さんの帰りが不規則《ふきそく》なので、お母さんと二人で食べることも多いんだけど、来年は四人でテーブルを囲んだりするのかな——湯気のたつ鍋《なべ》を見ながら、そんなことを考えていると、

「さっきはどないしたんや」

信《しん》ちゃんがお豆腐《とうふ》をほおばりながら聞いてきた。

「ちょっと寒かったんだよ」

ぼくは目をそらして答えると、白菜を口にほうりこんだ。

女の人の声が聞こえたぼくは、信《しん》ちゃんを置いて、思わず走り出してしまったのだ。

どうやら、信ちゃんにはあの声はもちろん、女の人の姿《すがた》も見えていなかったみたいだ。

もちろん、白い服を着た女の人が立っていたのはただの偶然《ぐうぜん》で、音や声はぼくの気のせい、信ちゃんはたまたま気づかなかっただけ、という可能性《かのうせい》もないわけじゃないけど——

ぼくが考えこんでいるのを見て、勘違《かんちが》いしたのか、

「大丈夫《だいじょうぶ》よ、強志《つよし》ちゃん」

おばさんが鍋《なべ》にねぎやしいたけを追加しながら、明るい声でいった。

「妊娠中《にんしんちゅう》に入院って、よくあることなんだから。わたしも香代子《かよこ》のときは大変だったのよ」

ぼくが顔をあげて、笑顔でうなずきかえしたとき、居間《いま》の電話が鳴った。電話を取った香代ちゃんが、ぼくの方を見て手招《てまね》きするので、席を立って受話器を受け取ると、

「おう、元気か？」

父さんの声が聞こえてきた。父さんは仕事が忙《いそが》しくて不規則《ふきそく》だし、お母さんは大部屋に入院していて、こちらからは電話をかけにくいので、父さんが仕事の合間にお母さんの様子を見に行って、向こうの都合のいい時に連絡《れんらく》してもらうことになっていたのだ。

「元気だよ。お母さんの具合はどう？」

父さんの話によると、経過《けいか》は順調で顔色もよく、ぼくと一緒《いっしょ》に年越《としこ》しできないことを気にしていたらしい。

「そんなの、気にしなくていいのに。お母さんのせいじゃないんだから……それより、せっかくなんだから、二人で新婚《しんこん》気分でも味わったら？」

ぼくが笑ってそういうと、父さんも電話口で「ばかだな」と笑った。

電話を終えて、ご飯も食べ終えたぼくは、荷物の整理をするために部屋に戻《もど》った。

とりあえず、寝巻《ねま》きを出そうとキャリーケースを開けたぼくは、

「え？」

手を止めて、自分の目を疑《うたが》った。ケースの中に、『闇《やみ》の本』がまるでぼくを待っていたみたいに入っていたのだ。

ぼくは意味もなく、部屋の中を見回した。この本は間違《まちが》いなく、あの部屋の本棚《ほんだな》に置いてきたはずだ。誰《だれ》かのいたずらだろうか？　だけど、ぼくがあの屋敷《やしき》に行ったこ

とを知ってるのは信《しん》ちゃんだけだし、その信ちゃんも、ぼくがこの本を読んでいたことまでは知らないはずだ。

もしかして、呪《のろ》われた本がついてきたのだろうか――。

ドクンドクンという心臓《しんぞう》の音が、耳元で激《はげ》しく鳴っている。体中を、ゾワゾワと何か得体のしれないものがはいあがるような感覚があった。

一瞬《いっしゅん》、信ちゃんにすべてを打ち明けて相談することも考えたけど、そうなると、信ちゃんもこの本を読むと言い出すに違《ちが》いない。呪いがただの噂《うわさ》ならいいけど、もし呪いが本物で、読んだ人が呪われるなら、信ちゃんも呪いに巻《ま》き込《こ》んでしまうことになる。

それに、山岸《やまぎし》さんの話を信じれば、この本のどこかに呪いから逃《のが》れるためのヒントが書かれているはずだ。

ぼくは壁際《かべぎわ》に置かれた文机《ふづくえ》に向かうと、足元からはいあがってくる恐怖《きょうふ》をおさえこむように、お腹《なか》にぐっと力を入れて、本の続きを読み始めた。

第三話　隙間男《すきまおとこ》

わたしが通っていた小学校には、「隙間男《すきまおとこ》が出る」という噂《うわさ》がありました。

隙間男というのは、タンスと壁《かべ》の隙間とか、冷蔵庫《れいぞうこ》の下とか、ほんの数センチしかない隙間にひそんでいる男のことで、目が合った人は、その隙間にひきこまれてしまうらしいのです。

そのほかにも、全身緑色をしているとか、時速百キロで進むことができるとか、いろいろな噂がありましたが、うちの学校で一番有名だったのが、

「隙間男は理科準備室《じゅんびしつ》に住んでいる」

というものでした。なんでも、隙間男の正体は昔この学校にいた先生で、自分の体を使っていろいろ実験をしているうちに、隙間男になってしまい、いまでも実験に使うための子どもの体を求めて、準備室にひそんでいるというのです。

もっとも、六年生にもなると、本気で信じている子はほとんどいませんでした。

わたしも、危《あぶ》ない薬品がたくさんある準備室《じゅんびしつ》に、子どもたちを近寄《ちかよ》らせないようにするため、先生がひそかに流した噂《うわさ》だろうなと思っていました。

あの日までは――

「おれ、見ちゃったんだ」

三学期も終わりに近づいた、ある日の昼休み。K《ケー》くんが、わざわざ体育館の裏《うら》にわたしたち仲良しグループを集めて語り出したのは、隙間男《すきまおとこ》の目撃談《もくげきだん》でした。

昨日の放課後、理科室に忘《わす》れ物を取りにいったKくんは、視界《しかい》の端《はし》でなにかが動いたような気がして振《ふ》り向きました。

理科室の黒板の横には、理科準備室に通じるドアがあるのですが、よく見ると、いつもは閉じているはずのそのドアが、わずかに開いています。気になったKくんは、ドアを開けて準備室に入りました。

初めて目にする準備室《じゅんびしつ》の中は、鍵《かぎ》のかかった薬品棚《やくひんだな》がところ狭《せま》しと並《なら》んでいて、薬品の臭《にお》いがツンと鼻をついたそうです。

なにやら怪《あや》しげな薬品の入ったビンを物珍《ものめずら》しげにながめていたK《ケー》くんは、次の瞬間《しゅんかん》、ハッと凍《こお》りつきました。棚と棚の間の、ほんの二、三センチの隙間《すきま》から、こちらをじっとにらんでいる緑色をした男と目が合ったのです。

Kくんが金縛《かなしば》りにあったように動けないでいると、男は甲高《かんだか》い声で、こういったそうです。

「見たね」

「ちょうどそのとき、先生が理科室に来てくれたおかげで、なんとか助かったんだけど……」

Kくんがそういうと、

「嘘《うそ》つけ」

S《エス》くんが胸《むね》の前で腕《うで》を組んで言いました。

「嘘じゃないよ」

K《ケー》くんが口をとがらせて反論《はんろん》します。「もうちょっとで、連れていかれるとこだったんだからな」

「隙間男《すきまおとこ》なんて、いつまで信じてるんだよ。おれたち、来月からもう中学生だぞ」

Sくんの言葉に、Kくんが顔を赤くして何か言い返そうとしたとき、

「だったら、確《たし》かめにいこうぜ」

T《ティー》くんが宣言《せんげん》するようにいいました。そして、顔を見合わせるKくんとSくんに、

「大丈夫《だいじょうぶ》だって。いなかったらいなかったで何の問題もないわけだし、もし本当に何かいたとしたら、後輩《こうはい》のためにもそいつのことをちゃんと調べておくのが、おれたち卒業生の役目だろ」

Tくんの言葉には説得力があったので、わたしたちはなんとなく押《お》し切られるようにう

なずきました。だけど、わたしは頭の隅《すみ》で、かすかに不安を感じていたのです。

K《ケー》くんが無事に戻《もど》ってこられたのは、こうしてわたしたちをおびきよせるためだったんじゃないかって……。


放課後。下校をうながす校内放送を聞きながら、わたしたちは足音を忍《しの》ばせて理科室へと向かいました。

理科室には鍵《かぎ》がかかっていますが、後ろのドアはたてつけが緩《ゆる》くなっていて、ちょっとしたこつで簡単《かんたん》に開けることができるのです。

誰《だれ》もいない放課後の理科室は、なんだか空気がひんやりとしていて、長袖《ながそで》でも寒いくらいです。いかにも何かが出てきそうな雰囲気《ふんいき》だな、と思っていると、

「おい、あれ見ろよ」

T《ティー》くんがわたしの肩《かた》をポンと叩《たた》いて、前方を指さしました。

わたしはそれを見て、息をのみました。

理科準備室《じゅんびしつ》に通じるドアが、まるでわたしたちが来るのを待っていたかのように、細く開いていたのです。

「よし、いくぞ」

T《ティー》くんは足早に近づくと、準備室へと入っていきました。

わたしたちも一歩遅《おく》れて、部屋の中に足を踏《ふ》み入れたのですが、すぐにあることに気づいて、部屋の真ん中で立ち尽《つ》くしました。

先に入ったはずのTくんの姿《すがた》が、部屋のどこにも見当たらないのです。

「おどかそうとして、そのへんに隠《かく》れてるんじゃないか？」

S《エス》くんがひきつった笑顔を浮《う》かべて、部屋の中を歩き回りながら、

「おーい、出てこいよ。そこにいるのはわかってるんだぞー」

と呼《よ》びかけました。だけど、声が響《ひび》いて余計《よけい》に不気味になるだけで、返事はどこからもかえってきません。

（T《ティー》くん、どこにいったんだろう……）

わたしたちが手分けして探《さが》していると、

「なあ……」

部屋の奥《おく》から、S《エス》くんの震《ふる》える声が聞こえてきました。振《ふ》り返ると、Sくんが背《せ》の高い薬品棚《やくひんだな》のそばにもたれかかるようにして、いまにも泣き出しそうな顔をしています。

「おれたち、友だちだよな」

「いきなり、なにいってんだよ」

K《ケー》くんが声をかけながら近づくと、

「おれ……」

Sくんは声をしぼりだすようにして、棚《たな》から少しだけ離《はな》れました。

それを見て、わたしたちは言葉を失いました。

薬品棚と壁《かべ》の隙間《すきま》から、緑色をしたペラペラの手がのびて、Sくんの腕《うで》をしっかりとつかんでいたのです。

わたしたちがなにもできずにいると、
シュルシュユシュルッ！

へびが素早《すばや》く移動《いどう》するような音とともに、S《エス》くんの体がまるで紙のように薄《うす》くなって、棚《たな》と壁《かべ》の隙間《すきま》に吸《す》い込《こ》まれていきました。

シン、と静まり返る部屋の中、これで残っているのは、わたしとK《ケー》くんの二人だけです。

わたしが立ちすくんでいると、
グスッ……グスッ……

どこからか、鼻をすすりあげるような音が聞こえてきました。

Kくんが泣いているのです。

「どうしたの？」

わたしが聞くと、

「ぼくのせいだ」

Kくんはしゃくりあげるようにして呟《つぶや》きました。

「ぼくがみんなを連れてきたから……」

「そんなことより、早く逃《に》げよう」

わたしはK《ケー》くんの言葉をさえぎって、手をつかみました。そして、Kくんをひっぱって準備室《じゅんびしつ》を出ようとしたとき、

「危《あぶ》ないっ！」

突然《とつぜん》、Kくんがわたしの体を思い切り突《つ》き飛ばしたのです。床《ゆか》にしりもちをついて呆然《ぼうぜん》とするわたしの目の前で、薬品棚《やくひんだな》と天井《てんじょう》のわずかな隙間《すきま》から、緑色の腕《うで》がするするすると伸《の》びてきて、Kくんの両肩《りょうかた》をがっしりとつかみました。

そして、わたしが手を伸ばすひまもなく、Kくんはまるで吸《す》い込《こ》まれるように、その隙間へと消えていったのです。

わたしはうようにして準備室をあとにすると、そのまま校舎《こうしゃ》を飛び出して、校門から外に駆《か》け出しました。そのとき、わたしの目の前にトラックが――

わたしが次に気がついたのは、病院のベッドの上でした。

トラックが直前でハンドルをきってくれたおかげで、かすり傷《きず》ですんだのですが、その拍子《ひょうし》に転んで頭をうったわたしは、そのまま高熱を出して、ずっと寝込《ねこ》んでいたのだそうです。

わたしが寝込んでいた二日の間に、学校は大騒《おおさわ》ぎになっていました。

お見舞《みま》いにきてくれた友だちから聞いたのですが、わたしが事故《じこ》にあった日から、Ｔ《ティー》くん、Ｓ《エス》くん、そしてＫ《ケー》くんの三人が、行方不明《ゆくえふめい》になっていたのです。

わたしは両親と学校の先生に、あの日、理科準備室《じゅんびしつ》であったことを正直に話しました。

残念ながら、隙間男《すきまおとこ》のことは信じてもらえませんでしたが、最後に立ち寄《よ》った場所ということで、理科室と準備室は徹底的《てっていてき》に調べてくれました。だけど、なんの手がかりも見つからなかったそうです。

入院が長引いたわたしは、結局そのまま登校することなく卒業してしまいました。

後日、仲のいい友だちに、Ｋくんがわたしのことを好きだったらしいと聞きました。

だからK《ケー》くんは、最後の最後に勇気を出して、わたしを助けてくれたのでしょうか。

小学校を卒業してから、もう何年も経《た》ちますが、いまだに三人の行方《ゆくえ》は分かりません。

そして、わたしはいまでも隙間《すきま》を見つけると、Kくんの姿《すがた》を探《さが》してしまうのです。

了

スーッと首筋《くびすじ》に風を感じて、ぼくは顔をあげた。

ぼくの泊《と》まっている部屋は廊下《ろうか》の突《つ》き当たりにあって、二辺が壁《かべ》、一辺が廊下《ろうか》に面した障子《しょうじ》、そしてもう一辺が、隣《となり》の部屋との間を仕切ったふすまになっている。

そのふすまに、いつの間にか数センチの隙間《すきま》が出来ていたのだ。

隣の部屋には誰《だれ》もいないはずなのに、おかしいな、と思いながら腰《こし》を上げたぼくは、ふすまにのばしかけた手を止めた。

そのわずかな隙間《すきま》から、ギョロリとした二つの目がじっとこちらを見つめているのが見えたのだ。

緑色の手がいまにも伸《の》びてきそうな気配に、ぼくがじりじりと後ずさっていると、
タン、タン、タン
障子《しょうじ》を軽く叩《たた》く音がして、ふすまがパタンと音を立てて閉まった。

「強志《つよし》ちゃん、いる?」

スッと障子が開いて、香代《かよ》ちゃんが入ってくる。

「お風呂《ふろ》わいたから、よかったら……どないしたん?」

香代ちゃんが心配そうにぼくの顔をのぞきこむ。

「顔が真っ青やで」

「そう?」

ぼくは自分のほっぺたを軽く叩いて、無理に笑顔をつくった。

「ひとりで泊まるのは初めてだから、緊張《きんちょう》してるのかも」

「ふうん」

香代《かよ》ちゃんはあんまり納得《なっとく》してない様子だったけど、それ以上は追及《ついきゅう》してこなかった。

「あ、それから明日の肝試《きもだめ》しやけど、中止になったから」

「そうなんだ」

「うん。強志《つよし》ちゃんから聞いた話を友だちにしたら、やめといた方がいいんちゃう、っていうことになって……そういえば、あのあと、兄ちゃんと幽霊屋敷《ゆうれいやしき》にいったんやって？」

「強志ちゃんって、そういうの好きやったっけ？」

「そういうわけじゃないんだけど……」

ぼくは、探検《たんけん》のきっかけになった、いないいないばあ恐怖症《きょうふしょう》についての話をした。

香代ちゃんは話の途中《とちゅう》から、やけに真剣《しんけん》な顔をしていたけど、ぼくが話し終わると、

「ごめん、それ、わたしのせいかも」

顔の前でパチンと両手を合わせて、

「ちょっと待ってて」

と言い残すと、急ぎ足で部屋を出ていった。そして、しばらくして、一冊《さつ》の絵本を手に戻《もど》ってきた。

その絵本を見て、ぼくの心臓《しんぞう》は大きくはねあがった。

記憶《きおく》の奥底《おくそこ》から、ぞわぞわとした悪寒《おかん》がはいあがってくる。

絵本のタイトルは『びっくり絵本　いないいない……ばぁっ！』。

表紙には、着物姿《すがた》で髪《かみ》をちょんまげに結《ゆ》った男の子が、両手で顔を隠《かく》している絵が描《か》かれている。

ぼくは胸《むね》に手をあてて大きく深呼吸《しんこきゅう》すると、本を手にとって、ページをめくった。

本にはほとんど文章はなく、見開きで一枚《まい》の大きな絵が描かれている。

最初のページでは、長い耳のウサギが、「いないいない……」といいながら両手で顔を隠していた。

ページをめくると、両手を開いたウサギが「ばぁっ！」といいながら笑っている。

次のページからも、ライオンやゾウ、キリンといった、顔を隠《かく》しても誰か分かる特徴《とくちょう》を持った動物たちが現《あらわ》れては、いないいないばあをしていく。

動物が終わると、スーツを着たお父さん、エプロン姿のお母さんが続いて、最後に表紙の男の子が、表紙と同じように顔を隠して登場する。

深呼吸《しんこきゅう》をしてから最後のページを開いたぼくは、

「――っ！」

もう少しで悲鳴をあげるところだった。

最後のページに現《あらわ》れたのは――ぼく自身の顔だったのだ。しかも、ぐにゃぐにゃに歪《ゆが》められた、自分のものではないみたいなぼくの顔だ。

ぐにゃぐにゃの正体は、鏡だった。

鏡といっても、もちろん本物の鏡ではない。つやつやとした銀色の折り紙みたいな紙が、見開きに貼り付けられてるだけなんだけど、そのページがひどくくたびれて、よれよれになっているせいで、顔が大きく

歪《ゆが》んでうつる。

それが、すごく怖《こわ》いのだ。

「自分の顔だったのか……」

ぼくがつぶやくと、香代《かよ》ちゃんがうなずいて、

「変わった本やろ？」

といった。香代ちゃんも五年前、ぼくに見せたはいいけど、ぼくがあまりに怯《おび》えたので、自分も怖《こわ》くなってしまい、納戸《なんど》の奥《おく》にしまいこんで、そのまま忘《わす》れていたのだそうだ。

それにしても――ぼくはあらためて、最後のページを開いた。

自分の顔なのに自分の顔じゃないみたいな存在《そんざい》が、こんなにも気持ちを不安にさせるものだとは思ってもみなかった。

香代ちゃんによると、どうやらおじいちゃんがどこかの古本屋で手に入れたものらしく、書斎《しょさい》の本棚《ほんだな》にあったらしい。

「たぶん、強志《つよし》ちゃんをおどかしたろうと思って見せたんやと思うけど……ごめんな」

ぼくは笑顔を浮《う》かべて首を振《ふ》った。

「もう大丈夫《だいじょうぶ》。正体が分かれば、そんなに怖《こわ》くないから」

それは本当だった。いないいないばあが怖かったのは、両手の向こうから何が出てくるか、自分でイメージをどんどん膨《ふく》らませていたからだ。歪《ゆが》んだ鏡と分かってしまえば、別に怖くない。

ぼくの言葉を聞いて、香代《かよ》ちゃんもようやく笑顔になった。そんな香代ちゃんにぼくは、

「ねえ、『闇《やみ》の本』って聞いたことある？」

と聞いてみた。肝試《きもだめ》しをしようとするくらいだから、こういう話にも詳《くわ》しいかもと思ったんだけど、香代ちゃんは首をかしげて、

「なにそれ？　怖い話？」

と逆《ぎゃく》に聞き返してきた。

「読んだら呪《のろ》われる本らしいんだけど……」

「さあ……よかったら、明日、聞いてみよっか？」

「聞いてみるって、だれに？」

「わたしの友だち。そういう話にけっこう詳しいから」

明日は、肝試《きもだめ》しに一緒《いっしょ》にいくはずだった友だちが、お昼から遊びに来るのだそうだ。

『闇《やみ》の本』が本当に呪《のろ》われた本なのか、それともただの怪談《かいだん》の本なのかは分からないけど、とりあえず、明日までに読めるところまで読んでおいた方がよさそうだ。

ぼくはお風呂《ふろ》からあがると、電気を点《つ》けたまま布団《ふとん》に入って、本の続きを読み出した。

第四話　はなしてはいけない

「ねえ、やっぱりやめとかない？」

いまにも崩《くず》れ落ちそうなビルを前にして、わたしがおじけづいていると、

「ここまで来て、なにいってんだよ」

たかしはわたしの手をしっかりとつかんで、大またに歩き出した。

夏も終わりに近づいた週末の夜。わたしとたかしは、幽霊《ゆうれい》が出るという噂《うわさ》の廃《はい》ビルにやって来ていた。

郊外《こうがい》にあるこのビルは、元々《もともと》は病院かなにかだったらしいんだけど、使われなくなってからずいぶん経《た》つらしく、いまではすっかり荒《あ》れ果ててしまっていた。

ドライブの途中《とちゅう》で、ちょうど近くを通りかかることに気づいたわたしがたかしに教えたんだけど、暗闇《くらやみ》に溶《と》け込《こ》むようにしてそびえたつ四階建ての建物を前にして、ちょっと怖《こわ》くなってきたのだ。

「ほら、いくぞ」

だけど、わたしの怖がる様子を見て、たかしは逆《ぎゃく》に調子づいたらしく、車に備《そな》え付けの懐中電灯《かいちゅうでんとう》を手にすると、わたしの手をひいて、ガラスが割《わ》れた入り口から入っていった。

中はなんだかひんやりとしていて、誰《だれ》かが割った窓《まど》ガラスの破片《はへん》が、スニーカーの底でジャリジャリと音をたてている。

「それで、このビルにはどんな噂があるんだよ?」

たかしが部屋の中を懐中電灯《かいちゅうでんとう》で照らしながら聞いた。ベッドや薬品棚《やくひんだな》らしきものがあるところを見ると、どうやら本当に元は病院だったようだ。

「さあ……」

たかしの手を握《にぎ》り返しながら、わたしは首をかしげた。

「さあって……めぐみが行こうって言い出したんだろ？　看護師《かんごし》が追いかけてくるのか？　それとも、赤ん坊《ぼう》が天井《てんじょう》を這《は》い這いするとか？」

「それが、分からないのよ。わたしも大学の友だちに聞いただけなんだけど、ここは、『はなしてはいけない心霊《しんれい》スポット』って呼《よ》ばれてるんだって」

「はなしてはいけない？」

「つまり、ここで見たり聞いたりしたことは、誰《だれ》にも話してはいけないの。だから、実際《じっさい》に来た人以外は、なにが起こるのか分からないのよ」

「なんだよ、それ。つまんねーの」

たかしは舌打《したう》ちをして、足元の石をけとばした。

廊下《ろうか》を突《つ》き当たりまで進んだわたしたちは、階段《かいだん》をのぼった。階段は廊下の両端《りょうはし》にあるので、二階にあがると、今度は反対側の階段を目指して廊下を歩く。それを繰《く》り返して、じぐざぐにのぼっていくつもりだった。

「ねえ、こんな話を思い出したんだけど……」

だんだん退屈《たいくつ》になってきたわたしは、わざと大きな声で話し出した。

「ある大学生のグループが、幽霊《ゆうれい》が出るって言う噂《うわさ》の廃《はい》ビルに肝試《きもだめ》しに出かけたの。だけど、実際《じっさい》に建物を目の前にすると、おじけづいて、誰《だれ》も入ろうとしない。

結局、はじめに肝試しを言い出したA《エー》君が、代表して中に入ることになったの。

A君がビルに入ってしばらくすると、最上階の四階の窓《まど》で、手がひらひらと揺《ゆ》れているのが見える。

あいつ、すごいな——そんなことを言いながら、みんなでA君の帰りを待っていると、しばらくしてA君が真っ青な顔でビルから飛び出してきた。

あんなに余裕《よゆう》で手を振《ふ》ってたのに、急にどうしたんだよ、とみんなが声をかけると、A

君は荒《あら》い息でこう答えたの。

『ビルの中に入ったら、目の前を白い人影《ひとかげ》が横切ったから、怖《こわ》くなって、入り口のところでずっと震《ふる》えてたんだ』」

それじゃあ、四階の窓《まど》から手を振《ふ》っていたのは、いったい誰《だれ》だったんだろう――この話を初めて聞いたとき、わたしはけっこうゾッとしたのを覚えている。たかしの顔を見ると、

「その話、おれの聞いたやつだと、続きがあったな」

三階への階段《かいだん》に足をかけながら、たかしは話し出した。

「それって、実は全部A《エー》君のいたずらで、その白い手っていうのも、A君がびびったふりをして、実際《じっさい》には四階までのぼって窓から白いゴム手袋《てぶくろ》を振ってたんだ。

ビルを出てからも、みんなと一緒《いっしょ》に怖がるふりをしながら車で帰ったA君は、いつネタばらしをしてやろうかと、心の中で笑っていたんだけど、自宅《じたく》のマンションの前まで来て、背筋《せすじ》が凍《こお》りついた。

一人暮《ぐ》らしをしている自分の部屋の窓で、白い手が、まるでおいでおいでをするように

ゆらゆらと揺《ゆ》れて……」

「きゃっ！」

階段《かいだん》をのぼりきったところで、わたしは悲鳴をあげて、大きくよろけた。話が怖《こわ》かったわけではなく、足を踏《ふ》み外したのだ。

「危《あぶ》ないっ！」

たかしがとっさに手をつかんで、思い切りひっぱってくれた。ところが、わたしも自分でバランスを取ろうと足を踏み出したので、その勢《いきお》いでたかしに激突《げきとつ》して、わたしたちはもつれるようにして三階の廊下《ろうか》に倒《たお》れこんだ。

懐中電灯《かいちゅうでんとう》が落ちて、ガチャンという音とともに明かりが消える。

「あいたたた……」

わたしが顔をしかめながら、ひざをおさえていると、

「大丈夫《だいじょうぶ》？」

すぐそばから、心配そうな声が聞こえてきた。わたしはなんとかうなずいて、ゆっくり

と立ち上がった。

懐中電灯《かいちゅうでんとう》を拾って、カチャカチャとスイッチをいれる音がする。だけど、あたりは暗闇《くらやみ》のままだった。

「壊《こわ》れたの？」

わたしの問いに、たかしが無言でうなずく気配があった。そして、

「さあ、行こう」

わたしの手をぐいっとひっぱって、スタスタと歩き出した。

「そういえばね……」

わたしは、暗闇の中を歩く不安をごまかすように、このビルについて思い出したことを話し出した。

「このビルが心霊《しんれい》スポットになったのって、廃墟《はいきょ》になって、しばらく経《た》ってからなんだって」

たかしが歩きながら、こちらをちょっと振《ふ》り返って首をかしげる。

「つまり」とわたしは続けた。

「廃墟《はいきょ》になった直後は、別になんの噂《うわさ》もなかったんだけど、しばらくして、ここの屋上から飛び降り心中したカップルがいたらしくて、それから心霊《しんれい》スポットとして有名になったのよ」

ただ、なにがあったのか話してはいけないから、どういうことが起こるのかは分からないんだけど、とわたしが続けると、

「そのカップルが、お互《たが》いに相手を探《さが》してさまよってるんだよ」

たかしがさらりとつぶやいた。

「え?」

わたしが聞き返すと、たかしは淡々《たんたん》と語りだした。

「まわりに結婚《けっこん》を反対されていたそのカップルは、家を飛び出して、荒《あ》れ果てたこのビルに住みついたんだ。そしてある夜、赤い紐《ひも》でお互いの手をしっかりと結び合わせて、屋上から飛び降りた。

ところが、どういうわけか、飛び降《お》りる途中《とちゅう》で紐《ひも》がほどけて、二人は離《はな》れ離《ばな》れに死んでしまったんだ。

相手の姿《すがた》を見失ったまま地縛霊《じばくれい》になってしまった二人は、それ以来、お互《たが》いの姿《すがた》を求めて、このビルの中をさまよっているんだよ」

まるで見てきたことのように話すたかしに、わたしは半ば感心、半ばおどろきながら、と聞いた。

「へーえ、そうだったんだ。でも、たかし、どうしてそんなに詳《くわ》しく知ってるの？」

話してはいけないはずの怪談《かいだん》を、どうやってそんなに詳しく知ることができたのだろうと思ったのだ。

だけど、たかしはわたしの質問《しつもん》には答えずに、四階に到着《とうちゃく》すると、そのままさらに上へと続く階段《かいだん》をのぼりはじめた。

（あれ？　このビルって、四階建てじゃなかったっけ？）

わたしは少し疑問《ぎもん》に思いながらも、手を引かれるままに階段をのぼっていった。すると、

「違《ちが》うよ」

たかしが突然《とつぜん》、低い声で呟《つぶや》いた。

「さっき、人に話してはいけないっていってただろ？　あれは、そういう意味じゃないんだ」

「え？　なにが？」

「――どういうこと？」

わたしはかすかに違和感《いわかん》をおぼえながら聞いた。喋《しゃべ》り方が、なんだかたかしらしくないような気がしたのだ。

気がつくと、階段《かいだん》はいつのまにか終わっていて、目の前には重そうな扉《とびら》が見える。

たかしはわたしの手を握《にぎ》ったまま、もう片方《かたほう》の手をその扉にのばして、ゆっくりとした口調でいった。

「『人に話してはいけない』んじゃなくて、ここでは絶対《ぜったい》に『手を離《はな》してはいけない』んだ。手を離したら、その隙《すき》を狙《ねら》われるからね」

その声を聞いているうちに、わたしの背筋《せすじ》に冷たいものがはしった。

明らかに、たかしの声ではない。

そういえば、さっき転んだとき、一瞬《いっしゅん》手が離《はな》れたような……。

わたしは手を振《ふ》り払《はら》おうとした。だけど、相手は信じられないような力で握《にぎ》り返してきた。

「ちょっと、離してっ！　離してってば！」

扉《とびら》が開いて、月明かりが差し込《こ》んでくる。

「あなたはだれなの？」

わたしは叫《さけ》んだ。

「今度は離さないよ」

月の光を受けながら、振り返ってニヤリと笑ったのは、見たことのない男の顔だった。

了

そういえば——本を読みながら、ぼくは昔のことを少しずつ思い出していた。

たしかに五年くらい前、信《しん》ちゃんと香代《かよ》ちゃんと三人で、あのお屋敷《やしき》に肝試《きもだめ》しにいったことがあったような気がする。いまから思えば、『闇《やみ》の本』を手にいれた山岸教授《やまぎしきょうじゅ》が行方《ゆくえ》不明《ふめい》になったのと、同じ頃《ころ》だろう。

お化けが出る家があるといわれて、ついていったぼくは、二階への階段《かいだん》をのぼりきったところで、なぜか階段の裏《うら》をのぞきこんで、あのドアがわずかに開いているのを目撃《もくげき》したのだ。

だからさっきも、あの姿見《すがたみ》の後ろにドアが隠《かく》されてることが分かったんだけど……考えてみれば、あのとき、どうしてぼくだけがあのドアを目にしたのだろうか。まるで、五年後になって、あのお屋敷をふたたび訪《おとず》れることが分かっていたかのように……。

あのままだったら忘《わす》れ去られていたはずの『闇の本』が、ぼくを誘導《ゆうどう》しているような、そんな気分を感じながら、ぼくはさらにページをめくった。

第五話　砂場《すなば》

「おそいなぁ……」

コンビニの雑誌《ざっし》コーナーで立ち読みをしていた広美《ひろみ》は、壁《かべ》の時計を見上げて顔をしかめた。約束の時間を、もう二十分以上も過ぎている。

この春、中学に入学すると同時に陸上部に入った広美は、おなじく陸上部に入部した友だちの祥子《しょうこ》と待ち合わせて、新しいシューズを見に行く約束をしていたのだ。

そろそろこちらから連絡《れんらく》してみようかと思って携帯《けいたい》を取り出したとき、祥子からメールが届《とど》いた。

〈ごめん。あと二十分で着く〉

「なんだよ……」

広美は舌打《したう》ちをした。店の場所は祥子が知っているので先にいっておくこともできない。

窓《まど》の外に目を向けると、雲ひとつない青空だ。

この春に引っ越《こ》してきたばかりの広美《ひろみ》は、この町のことをあまり知らない。このまま店の中で待っていても仕方がないので、広美は店を出て、あたりを散策《さんさく》することにした。

コンビニから裏手《うらて》にまわって、住宅街《じゅうたくがい》の中をぶらぶらと歩いていると、真ん中に大きな木のある小さな児童公園を見つけた。

ブランコや滑《すべ》り台、鉄棒《てつぼう》に砂場《すなば》と、一通りの遊具がそろっているけど、時間が中途半端《ちゅうとはんぱ》なせいか、人気がなくがらんとしている。

そんな公園の砂場で男の子がひとり、砂山《すなやま》をつくって遊んでいた。

男の子は広美に気がつくと、

「おねえちゃん」

と呼《よ》びかけた。

広美は思わずあたりを見回したけど、ほかに人影《ひとかげ》はなく、住宅街《じゅうたくがい》は眠《ねむ》ったように静まりかえっている。

広美《ひろみ》が自分を指さして首をかたむけると、男の子はにっこり笑ってうなずいた。

「一緒《いっしょ》に遊ぼ」

広美は公園の真ん中に立っている時計を見上げた。祥子《しょうこ》が来るまで、まだ十分以上ある。

公園に足を踏《ふ》み入れた広美は、あらためて男の子を観察した。五歳《さい》くらいだろうか。さっきは気づかなかったけど、すごく可愛《かわい》い男の子だ。

砂山《すなやま》はすでに、しゃがんだ男の子の胸《むね》の高さくらいまである。

広美は砂を両手ですくいあげて、山にのせると、上からぺたぺたと押《お》さえつけた。昨日の雨で少し湿《しめ》っているせいか、砂はどんどん積みあがって、あっという間にずいぶん大きな砂山が出来あがった。

顔しか見えなくなった男の子が、満足そうに笑っているのが見える。男の子は腕《うで》まくりをすると、山の向こうからトンネルを掘《ほ》りはじめた。

広美はちょっと迷《まよ》ったけど、結局こちらから同じように掘り出した。

山は思ったよりも大きくて、ひじまで掘《ほ》ったのに貫通《かんつう》しそうにない。

広美《ひろみ》はチラッと時計を見上げた。もうすぐ祥子《しょうこ》の来る時間だけど、こっちも待たされたんだし、向こうを多少待たせても、かまわないだろう。

いつしか夢中《むちゅう》になって掘っていると、ついに山の中で手と手が触《ふ》れた。

男の子がニコッと笑いながら、広美の手をぎゅっと握《にぎ》る。

広美も笑って握り返すと、男の子が広美の手をぐいっとひっぱった。意外と力があるんだな、と思いながら、ひっぱり返そうとした広美は、びっくりして男の子の顔を見た。

けっこう力をこめてひっぱったつもりだったのに、男の子の手はびくともしなかったのだ。

男の子の方はそれほど力を入れたような様子もなく、涼《すず》しい顔でにこにこしている。

ちょっと怖《こわ》くなってきた広美は、トンネルの中で手を離《はな》そうとした。だけど、手は全然離れそうにない。それどころか、さらに強くひっぱられて、広美の腕《うで》は肩《かた》までトンネルに入ってしまった。

「ねえ、離《はな》して」

広美《ひろみ》は男の子に呼《よ》びかけたが、男の子はあいかわらずにこにこしながら、平然と広美を見つめている。

広美は空いている方の手で山をおさえると、勢《いきお》いをつけて引き抜《ぬ》こうとした。

だけど、トンネルの中の手はまったく動かない。

とうとう広美は、山を崩《くず》しだした。

上の方からどんどん削《けず》っていくと、山に隠《かく》れていた男の子の姿《すがた》が、じょじょに現《あらわ》れる。

山を八割《はちわり》ほど崩したところで、広美は自分の目を疑《うたが》った。

男の子は正座《せいざ》して、両手をひざの上においていたのだ。

広美はゆっくりと視線《しせん》をさげて、自分の腕《うで》の先を見た。

白くて細い骨《ほね》の腕が、砂《すな》の中から突《つ》き出して、広美の手をしっかりとつかんでいた。

助けを求めようとまわりを見回したけど、公園の中にもまわりにも、誰《だれ》もいない。

「あ、そうだ……」

広美《ひろみ》は電話をかけようと、携帯《けいたい》を取り出した。だけど、腕《うで》が砂《すな》の中にひきずりこまれていく方が早かった。肩《かた》が砂場《すなば》の砂の中にめりこんでしまい、顔が砂に押《お》し付けられて息が出来ない。

「た、たすけ……」

広美は口の中に入ってくる砂を吐《は》き出しながら、男の子を見上げた。だけど、男の子は広美を見下ろしながら、にこにこ笑ってこういった。

「一緒《いっしょ》に遊ぼ」

次の瞬間《しゅんかん》、砂場の砂が広美を中心に、まるでありじごくのようにすり鉢状《ばちじょう》になって、広美の姿《すがた》は渦《うず》をまきながら、砂場の中に吸《す》い込《こ》まれていった。

「広美、帰っちゃったのかな……」

コンビニを出ながら、祥子《しょうこ》はつぶやいた。

祥子《しょうこ》がコンビニに着いたときには、店に広美《ひろみ》の姿《すがた》はなく、電話をかけても出てくれなかったのだ。

怒って帰ったのかも、と思いながらも、一応《いちおう》近所を歩いてみる。

途中《とちゅう》、小さな児童公園の前で、祥子は足を止めた。よく晴れた春の日の昼下がりだというのに、誰《だれ》も遊んでいない。

それも無理はない、と祥子は思った。

引っ越《こ》してきたばかりの広美は知らないかもしれないけど、この土地には、昔お墓《はか》があって、砂場《すなば》の底にはいまでも骨《ほね》が埋《う》まっているという噂《うわさ》があるのだ。

祥子が小学校の時、クラスの子が夜中に通りかかると、砂場から白い骨の手が飛び出して、おいでおいでするのを見た、という話を聞いたことがある。

本当かどうか分からないけど、五歳《さい》くらいの、すごく可愛《かわい》い男の子が砂場で遊んでいて行方不明《ゆくえふめい》になった、という話も聞いたことがあった。

公園の前で、祥子はもう一度電話をかけてみた。

すると、聞き覚えのある着メロがすぐ近くから聞こえてきた。

「あれ？」

祥子《しょうこ》が音の鳴る方に目をやると、砂場《すなば》の真ん中に、見覚えのある携帯《けいたい》電話がぽつんと落ちているのが見えた。

了

次の日は、雨戸が風でガタガタと揺《ゆ》れる音で目が覚めた。

布団《ふとん》の上で体を起こすと、ぼくは肩《かた》に手を当ててぐるりと首を回した。昨夜は遅《おそ》くまで本を読んでいたせいか、なんだかすごく体が重い。どこかに呪《のろ》いを解《と》くヒントはないかと集中して読んだせいで、普通《ふつう》に読むよりも疲《つか》れてしまったみたいだ。

ご飯に焼き鮭《じゃけ》、納豆《なっとう》に味噌汁《みそしる》という純和風《じゅんわふう》な朝食を食べながら、ぼくが朝の強い風のこ

とを話題にすると、

「この辺は、いまごろになると〈山おろし〉ゆうて、山の方から強い北風の吹《ふ》き降《お》ろしがあるんや」

と信《しん》ちゃんが教えてくれた。

「なんか、動物みたいな名前だね」

ぼくがそんな感想を口にすると、

「昔は、〈山おろし〉ゆう名前の妖怪《ようかい》が、山から降りてきて風を吹かせる、なんてゆわれてたんやぞ」

納豆《なっとう》をかきまぜながら、おじいちゃんが笑っていった。

「へーえ」

ぼくがお味噌汁《みそしる》を飲みながら、窓《まど》の外に目を向けたとき、
ヒュゥウウゥー……ヒュゥウウゥー……

笛のような甲高《かんだか》い音が、窓《まど》ガラスを震《ふる》わせた。まるで、巨大な鳥がすすり泣いているみたいな音だな、と思っていると、

「あれが〈山おろし〉の鳴き声や」

おじいちゃんがにやっと笑ってそういった。

「〈山おろし〉が、迷子《まいご》になった自分の子どもを探《さが》して鳴いてるんや」

「え？　そうなの？」

ぼくがびっくりして目を丸くしていると、

「信じたらあかんぞ。あれは〈もがりぶえ〉なんやから」

信《しん》ちゃんが苦笑しながら、聞きなれない言葉を口にした。

「もがりぶえ？」

ぼくが聞き返すと、信ちゃんは「虎《とら》が落ちる笛って書くんやけどな……」と前置きして、

「冬の強い北風が、竹垣《たけがき》とか柵《さく》を通り抜《ぬ》けるときに、笛が鳴るみたいな音を出すことがあるねん。それを〈虎落笛《もがりぶえ》〉って呼《よ》ぶんや」

と説明してくれた。

「そやけど、妖怪《ようかい》の声やと思っといた方が、おもしろいやないか」

おじいちゃんが少し不服そうに反論《はんろん》する。

「昔の人間は、そんな風にいろいろ想像《そうぞう》することで、身の回りのものを怖《こわ》がったり楽しんだりしてたんや」

たしかに、信《しん》ちゃんの説明を聞いたことで怖さや気味悪さはなくなったけど、その代わり、ぼくの頭におぼろげに浮《う》かんでいた、大きな翼《つばさ》を持った見たことのないことのない巨《きょ》大《だい》な鳥はどこかにいってしまった。

どちらがいいのかはよく分からないけど、実際《じっさい》に人を襲《おそ》ったり危害《きがい》をくわえたりしないなら、少しぐらい不思議なものが残っていてくれてもいいかな、と思った。


朝ごはんを食べて、部屋に戻《もど》ろうとすると、香代《かよ》ちゃんに呼《よ》び止められた。

「強志《つよし》ちゃん、今日はなんか予定ある?」

急に聞かれて、とっさに言葉に詰《つ》まっていると、

「もしなかったら、買い物につきあってくれへん？」

香代《かよ》ちゃんはそういって、顔の前で手を合わせた。おばさんにおせち料理の材料の買い出しを頼《たの》まれたのだそうだ。信《しん》ちゃんは大学に用事があって、もう出かけたらしい。

本当は、部屋で『闇《やみ》の本』の続きを読むつもりだったんだけど、ちょっと気分転換《てんかん》した方がいいような気もしたので、ぼくは香代ちゃんと一緒《いっしょ》に出かけることにした。

ダウンジャケットを着て家を出ると、どこからかさっきの虎落笛《もがりぶえ》が聞こえてきた。

家の門を出て、ゆるやかな坂道を降《お》りると、T《ティー》字路に突き当たる。そのT字路を曲がり、大きなため池をぐるりとまわりこんで、信号待ちで立ち止まっていると、

「顔色悪いけど、大丈夫《だいじょうぶ》？」

香代ちゃんが突然《とつぜん》、心配そうにぼくの顔をのぞきこんできた。

「大丈夫。なんでもないよ」

ぼくは慌《あわ》てて顔をそらすと、ごしごしと顔をこすった。

「ちょっと寝不足《ねぶそく》なんだ。冬休みの宿題がたまってて」

「そう？　それやったらええけど……もしかして、あの絵本のせいかな、と思って」

香代《かよ》ちゃんが眉《まゆ》をひそめたので、ぼくは笑って首を振《ふ》った。

「あれはもう大丈夫《だいじょうぶ》。正体がわかったから、怖《こわ》くないよ」

それは本当だった。いないいないばあも、さっきの虎落笛《もがりぶえ》も、正体が分からないうちはなんだか怖くて不安だったけど、分かってしまえば怖くない。

信号が変わったので、ぼくたちは歩き出した。

しばらく歩くと、車がようやくすれ違《ちが》えるくらいの狭《せま》い橋があらわれる。

ぼくは橋の上を歩きながら、川原を見下ろした。ここに遊びに来るのはたいてい夏休みなので、強い日差しを反射《はんしゃ》してキラキラと光る川面《かわも》と、背《せ》の高い草が青々《あおあお》としげっている川原のイメージが強い。だから、くもり空をうつしてどんよりと流れている川と、草も枯《か》れて誰《だれ》もいない川原を見ていると、なんだか知らない川のようだった。

そんな川の様子に気をとられていたせいか、橋を渡《わた》りきるのと同時に、ぼくは何かにつまずいて、転びそうになった。

「わっ！」

手をついてなんとかこらえたけど、その拍子《ひょうし》にポケットの財布《さいふ》を落としてしまい、小銭《こぜに》がばらばらと散らばる。

慌《あわ》てて拾おうとしたぼくは、自分が何につまずいたのかに気づいて、顔色を失った。

橋のたもとに、お茶のペットボトルが転がっている。そして、そのそばには花束とお線香が立てられていたのだ。

ほかにも、缶《かん》ジュースやお菓子《かし》、小さなおもちゃなんかが花束の前に固めておいてある。

ぼくは小銭《こぜに》を拾い集めてペットボトルを元に戻《もど》すと、両手を合わせて心の中で謝《あやま》った。

そして、急いで香代《かよ》ちゃんに追いつくと、

「あの橋で誰《だれ》か亡《な》くなったの？」

と聞いた。香代ちゃんは表情《ひょうじょう》をくもらせて、

「うん。半年前に、三年生の男の子がトラックにはねられて……」

と教えてくれた。

ぼくは橋を振《ふ》り返ると、あらためて「ごめんね」と、今度は声に出して謝《あやま》った。

橋を過ぎると、しばらく住宅街《じゅうたくがい》が続く。

そんな中、一本の路地が目にはいって、ぼくは足を止めた。

普通《ふつう》の家と家の間に通っている、ごく普通《ふつう》の細い横道なんだけど、その道が奥《おく》に向かうにつれて、どんどん暗くなっていくのだ。

空はくもっているとはいえ、まだ昼前で、薄暗《うすぐら》いというわけでもない。それなのに、路地の奥はまるで暗闇《くらやみ》に飲み込《こ》まれたように真っ暗だった。

ぼくがその暗闇にじっと目を奪《うば》われていると、

「『神隠《かみかく》し神社』がどうかした？」

香代《かよ》ちゃんが声をかけてきた。

「『神隠し神社』？」

「うん。この道の突き当たりに、ちっちゃな神社があるんやけど……」

そういわれてよく見ると、屋根の向こうにかすかに森のようなものが見える。時間に余《よ》裕《ゆう》もあったので、ぼくたちは寄《よ》り道することにして、路地に足を踏《ふ》み入れた。

暗闇がどんどんせまってくる。

石で出来た灰色《はいいろ》の鳥居《とりい》と、境内《けいだい》へと続くひび割《わ》れだらけの石段《いしだん》を目にしたとき、ぼくは「思い出した」とつぶやいた。

「昔、信《しん》ちゃんに誘《さそ》われて虫取りにいこうとしたんだけど、おじいちゃんに止められたんだ」

あれはたしか、小学校にあがった直後のことだった。信ちゃんに「かぶとむしとかくわがたがいっぱい取れる森がある」と聞いて、二人で虫取り網《あみ》を手に家を出ようとしたところを、おじいちゃんに見つかって、とめられたのだ。

なんでも、神社の森の生き物は、みんな神様のものだから、取ったりしたらばちがあたるらしい。

「だけど、どうして『神隠《かみかく》し神社』っていうの?」

鳥居《とりい》をくぐりながらぼくが聞くと、

「ここでかくれんぼをしたら、神隠しにあうっていわれてるから」

香代《かよ》ちゃんはそういって、こんな話をはじめた。

いまから何年か前のこと、子どもたちがこの境内《けいだい》でかくれんぼをしていた。

日が暮《く》れて、一人の女の子がおにになったとき、ほかのみんなは女の子をおどかそうと、
こっそり家に帰ってしまった。

そんなことも知らずにひとりぼっちになった女の子は、ひとりで百まで数えると、

「もーいーかい」

誰《だれ》もいない境内に呼《よ》びかけた。すると――

「も――……い――……よ――……」

まるで歌うような澄《す》んだ美しい声が、境内に響《ひび》き渡《わた》った。女の子がハッと顔をあげると、

「も――……い――……よ――……」

「も――……い――……よ――……」
「も――……い――……よ――……」
「も――……い――……よ――……」

数え切れないほどの返事が同じ声で聞こえてきて、境内《けいだい》に響《ひび》き渡《わた》った。わーんわーん、と耳鳴りがするほどだ。

女の子は泣きそうな顔であたりを見回していたけど、そのうち、ふと何かを見つけたような表情《ひょうじょう》になって、境内の奥《おく》にあるお社の方へと走り出した。

そして――

「それっきり、女の子の姿《すがた》を見た人はいないんやって」

香代《かよ》ちゃんはそう話をしめくくると、一際《ひときわ》大きな木の前で立ち止まって、「これが、その百まで数えてた木」とつけ加えた。

ぼくは境内《けいだい》を見渡《みわた》した。

ぼくの通っている小学校の、運動場くらいの広さだろうか。鳥居《とりい》をくぐってすぐのところには、滑《すべ》り台とシーソーが置いてある。まっすぐすすむとこの木があって、さらに少し奥《おく》には、石の土台の上に建った木造《もくぞう》の小屋が見える。石段《いしだん》を五、六段のぼったところに賽《さい》銭箱《せんばこ》があって、格子戸《こうしど》のついた小屋がその奥にあるんだけど、ぼくがひとり入れるかどうかというぐらいの、小さな小屋だった。あれがお社《やしろ》だろう。お社というのは、神様を奉《たてまつ》る建物のことだと聞いたことがある。

さらにその背後《はいご》には、真っ暗な森が広がっている。

神主さんらしき人もいなければ、おみくじも売ってない、本当に小さな神社だった。

「それ、本当にあった話なの？」

だったら、いったい誰《だれ》がこの話を伝えたんだろうと思いながらぼくが聞くと、香代ちゃんは「うん」とはっきりうなずいて、

「わたしの友だちが、偶然《ぐうぜん》見てたの」

といった。その友だちは、かくれんぼには参加してなかったんだけど、家がこの近くで、たまたま神社の前を通りかかったらしい。

子どもたちが神社の中から駆《か》け出してきたので、なんだろうと不思議に思ったその子は、鳥居《とりい》の陰《かげ》から境内《けいだい》をのぞいて一部始終を見ていた。

だけど、「もー……いー……よー……」がたくさん聞こえてきた時点で怖《こわ》くなって帰ってしまったので、女の子がどこにいったのかまでは見ていなかった。

その後、自分が見たものを大人にも話したんだけど、まだ小さかったこともあって信じてもらえず、結局その女の子はいまだに行方不明《ゆくえふめい》のままなのだそうだ。

そのとき、不意にどこかで虎落笛《もがりぶえ》が吹《ふ》いて、お社《やしろ》の奥《おく》の森がざわざわと鳴った。

なんだか急に寒くなってきた気がして、ぼくたちは神社をあとにした。

お正月を間近に控《ひか》えたスーパーは、お客さんでいっぱいだった。おばさんのメモをもと

に、一時間近くかかって買い物を終えたぼくたちが、両手いっぱいの買い物袋《ぶくろ》を手にスーパーを出ようとすると、

「あ、香代《かよ》ちゃん」

ショートカットの女の子が、手を振《ふ》りながら香代ちゃんにかけよってきた。どうやら学校の友だちらしい。

「ごめん。ちょっと待ってて」

香代ちゃんはそういうと、スーパーの前にあるベンチに座《すわ》って、その女の子と話し出した。

長くなりそうだったので、ぼくは買い物袋をベンチに置いて、その場を離《はな》れると、適当《てきとう》な方向に歩き出した。

スーパーの裏手《うらて》は住宅街《じゅうたくがい》になっていて、似《に》たような家が道の両側に並《なら》んでいる。同じような風景が続くので、道に迷《まよ》わないようにしないと――そう思ったとき、突然《とつぜん》目の前に公園が現《あらわ》れた。

ブランコと滑《すべ》り台と砂場《すなば》があるだけの、小さな児童公園だ。砂場では、男の子がひとり、

砂山《すなやま》をつくって遊んでいた。小学校に入る、少し前くらいだろうか。この寒いのに、半そでで半ズボンだ。

公園には、ほかに誰《だれ》もいない。

こんな小さな子を、ひとりで遊ばせていてもいいのかな、とぼくがちょっと心配になったとき、男の子がぼくに気づいて、にっこり笑った。

そして、スッと立ち上がると、こちらにまっすぐ手を伸《の》ばして、おいでおいでをした。

すると、ぼくの体はふらふらと、まるでなにかに誘《さそ》われるように足を踏《ふ》み出して、公園の中へと入っていった。

そのまま見えない何かにひっぱられるように、どんどん砂場《すなば》に近づいていく。

そして、砂場に足を踏《ふ》み入れた瞬間《しゅんかん》、男の子の姿《すがた》がふっと消えて、砂場から何十本という骸骨《がいこつ》の腕《うで》が、いっせいに飛び出してきた。

「うわっ！」

ぼくが悲鳴をあげて、公園を飛び出すと、

「きゃっ！」

ちょうどそこに香代《かよ》ちゃんが通りかかって、ぼくたちはもう少しで思い切りぶつかるところだった。

「びっくりした……どこから出てきたん」

目を大きく見開いて、胸《むね》を押《お》さえる香代ちゃんに、

「どこからって……あれ？」

ぼくは公園の方を振《ふ》り返って、自分の目を疑《うたが》った。

さっきまでぼくがいたはずの公園は、工事中の高いフェンスで囲《かこ》まれて、誰《だれ》も入れないようになっていたのだ。

「ここ……」

ぼくが呆然《ぼうぜん》とフェンスを見上げていると、

「ああ、ここは公園になるはずやったんやけど――」

香代《かよ》ちゃんもぼくの隣《となり》に並《なら》んで、フェンスを見上げた。

「工事をしてたら、地面からなんか出てきて、工事が中断《ちゅうだん》してるらしいねん」

「なんかって……なにが出てきたの？」

「さあ……学校の先生は昔の遺跡《いせき》とちゃうかってゆってたけど、噂《うわさ》では、ここには昔墓地《ぼち》があって、そのときの骨《ほね》が大量に出てきたとか……」

「骨……」

その言葉にさっきの光景を思い出して、ぼくが鳥肌《とりはだ》のたった腕《うで》をさすっていると、

「寒なってきたから、帰ろっか」

香代ちゃんがぼくの背中《せなか》をドン、とたたいて、元気良く歩き出した。

家に帰ってお昼ご飯を食べると、ぼくは宿題があるからといって、部屋に戻《もど》った。

白い女に隙間男《すきまおとこ》、そして砂場《すなば》の白い腕《うで》——なんだかまるで、本で読んだことがそのまま現実《げんじつ》に起きているみたいだ。

それとも、ぼくがこういう目にあうことは前から決まっていて、本はそれを教えてくれているのだろうか。

どちらにしても、これでなおさら信《しん》ちゃんと香代《かよ》ちゃんには相談できないな、と思った。二人に相談したら、自分もその本を読んでみるというだろう。

それだけは、絶対《ぜったい》に避《さ》けないといけない。

ぼくがいまやるべきことは、ひとりでこの本を読んで、呪《のろ》いを解《と》くヒントを見つけること、それから、あの男の人——山岸《やまぎし》さんに会って、もう一度話を聞くことだ。

もっとも、あの人も普通《ふつう》の人間なのかどうか、怪《あや》しいような気もするけど……。

幽霊屋敷《ゆうれいやしき》と山岸教授《きょうじゅ》については、あとでそれとなく信ちゃんか誰《だれ》かに聞いてみることにして、ぼくは大きく深呼吸《しんこきゅう》をしてから本の続きを読みはじめた。

第六話　見つけてはいけない

ぼくの家の近所には、小さな神社がある。

歴史は古いらしいけど、本当に小さな神社で、一応鳥居《いちおうとりい》はあるけど神主さんはいないし、お守りやおみくじを売ってるわけでもない。

学校の運動場の半分くらいの広さに、木造《もくぞう》のお社《やしろ》がぽつんとあるだけだ。

お社は幅《はば》一メートル、高さ二メートルくらいの大きさで、石の土台の上に載《の》っている。石段《いしだん》を五、六段のぼったところに、ぼろぼろの賽銭箱《さいせんばこ》があって、その向こうに観音開きの格子戸《こうしど》があるんだけど、奥《おく》は真っ暗で、お社の中がどうなっているのかは分からない。

お参りする人もいないし、境内《けいだい》の隅《すみ》にはブランコや滑《すべ》り台が、境内の裏《うら》にはちょっとした森——鎮守《ちんじゅ》の森というらしい——もあって、ぼくたちのちょうどいい遊び場になっていた。

秋も深まったある日のこと。

ぼくたちが、いつものように鳥居《とりい》の下に集まっておしゃべりしていると、

「なあ、知ってるか？」

ぼくと同じ五年生のけんちゃんが、みんなの顔を見回しながら口を開いた。

「お社《やしろ》の中をのぞいたら、呪《のろ》われるらしいぞ」

「呪われちゃったら、どうなるの？」

三年生のかなえちゃんが怯《おび》えた顔で聞くと、けんちゃんは首を振《ふ》って、

「それが、誰《だれ》も知らないんだ。のぞいた人は、みんな消えてしまうから」

声をひそめてそういった。

「消えた人は、どこへいくんだろう」

ぼくがつぶやくと、けんちゃんは首をかしげながら「さあ……」とつぶやいて、

「神社だから、神様が連れていっちゃうんじゃないかな」

自信なさげに答えた。

そんなことを話しているうちに、陽《ひ》が落ちてきたので、ぼくたちは急いでかくれんぼを

はじめることにした。

秋の陽《ひ》は暮《く》れるのが早い。二度目か三度目に、ぼくが鬼《おに》になったときには、もう夕焼けの色もずいぶん濃《こ》くなっていた。小さい子もいるので、そろそろ帰らないといけないんだけど、けんちゃんだけがどうしても見つからない。

降参《こうさん》するのも悔《くや》しくて、なんとか見つけてやろうと境内《けいだい》を歩き回っているうちに、ぼくはかくれんぼをはじめる前、けんちゃんがいっていたことを思い出した。

「お社《やしろ》の中をのぞいたら、呪《のろ》われるらしいぞ」

きっと、あんなことをいって、お社の中に隠《かく》れるつもりだったんだな——ぼくは足音を忍《しの》ばせてお社へと近づくと、石段《いしだん》をのぼった。

賽銭箱《さいせんばこ》の上に身を乗り出して、格子戸《こうしど》に顔を近付ける。戸の一部が腐《くさ》って、鍵《かぎ》が外れていた。お社は小さいけど、思った通り、体の大きなけんちゃんでも、なんとか入れないことはなさそうだ。中は真っ暗で、ほとんど何も見えなかったけど、人影《ひとかげ》がスッと奥《おく》に引っ込《こ》むのが見えたような気がしたので、ぼくは取っ手をつかむと、一気に開きながら大声でいった。

「けんちゃん、みーつけた」

するど、

「え〜」

けんちゃんの不満げな声が、なぜか後ろから聞こえてきた。

「え？」

振《ふ》り返ると、けんちゃんが植え込《こ》みの中から、葉っぱだらけになって這《は》い出してくるところだった。

それじゃあ、いまの人影《ひとかげ》は——

お社《やしろ》の方を向き直って、奥《おく》の暗がりに目を凝《こ》らすと、笑いを含《ふく》んだような、ひどく甲高《かんだか》い声が聞こえてきた。

「あ〜あ、みつかっちゃった」

「うわっ!」

ぼくはびっくりして、石段《いしだん》から転げ落ちそうになった。

暗がりからじっとこちらを見つめていたのは、おかっぱ頭に着物を着た、五、六歳《さい》ぐらいの見たことのない子どもだったのだ。


「つぎは、わたしがおにだね」


子どもはニヤリと笑って、ぼくの方に手をのばしてきた。ぼくは体中の鳥肌《とりはだ》をたてながら、今度こそ転がるようにしてお社《やしろ》から逃《に》げ出した。

そこに、けんちゃんがぼくの姿《すがた》を見つけて、立ちはだかった。

「ずるいぞ! 見つけてないのに『みーつけた』は反則《はんそく》だろ」

「それは、あの……」

ほかのみんなも、何事かと集まってくる。ぼくがしどろもどろになりながらお社《やしろ》を振《ふ》り返ったとき、バタンッ！　と大きな音を立てて、観音開《かんのんびら》きの扉《とびら》が両方いっぺんに開いた。

同時に、
ヒュゥウウー……ヒュゥウウウー……

急に空が暗くなって、風が吹《ふ》き抜《ぬ》ける。森の木の葉がザワザワと揺《ゆ》れて、なんだか森が怒ってるみたいだ。

ぼくたちは顔を見合わせると、逃《に》げるように神社をあとにした。


途中《とちゅう》のT《ティー》字路でけんちゃんと別れると、ぼくは早足で歩き出した。

なんだか、神社からずっと、誰《だれ》かがついてきてるような気がする。

角を曲がるときに、チラッと後ろを振《ふ》り返ったけど、もちろん誰もいない。ただ、風の音に混じって、ぞうりで歩くようなペタペタペタという音が、かすかに聞こえてきた。

ぼくはどんどん足を速めて、最後の方はほとんど駆《か》け足で家に飛び込《こ》んだ。素早《すばや》く鍵《かぎ》と

チェーンをかけて、ホッと一息ついていると、

「もーいーかい」

ドアの向こうから、あの声が聞こえてきた。ぼくはドアから離《はな》れると、

「まーだだよ」

と答えて、廊下《ろうか》を走った。

ぼくの住んでる家は一戸建てで、正面には小さな庭があるんだけど、それ以外はブロック塀《べい》に囲《かこ》まれていて、人がひとり、体を斜《なな》めにしてやっと通れるくらいの幅《はば》しかない。

一番奥《おく》の部屋で、ぼくがひとりで震《ふる》えていると、だれかが家の周りをぐるぐるとまわっているような、砂利《じゃり》を踏《ふ》むざりざりざりという音が聞こえてきた。

足音は、家の裏手《うらて》で立ち止まったかと思うと、

「もーいーかい」

ふたたびあの声が、窓《まど》の下から聞こえてきた。

ぼくがおそるおそる窓から外をのぞきこむと、おかっぱ頭に白い着物を着た、五歳《さい》くらいの子どもが、ハッとするほど赤い唇《くちびる》で無邪気《むじゃき》に笑って窓を見上げていた。

ぼくはサッとカーテンをしめて、「まーだだよ」と答えた。すると、その子どもは「もーいーかい」と呼《よ》びかけながら、さっきよりも早いスピードで、家のまわりをぐるぐるぐるぐると回りだした。

「もーいーかい……もーいーかい……もーいーかいもーいーかいもいかいもいかいもいかいもいかもいかもいかもいか……」

テープを早回しにしたような声に耐《た》え切れなくなったぼくは、思わず「もういいよ！」と叫《さけ》んでしまった。すると、とたんに声はやんで、次の瞬間《しゅんかん》、ガタガタガタッ！　ガタガタガタッ！

誰《だれ》かが外から窓《まど》をつかんで、激《はげ》しく揺《ゆ》さぶった。

ぼくは部屋を飛び出して階段《かいだん》をかけあがると、自分の部屋の押入《おしい》れに隠《かく》れた。奥《おく》の壁《かべ》に体を押《お》し付けるようにして、小さくなって耳をふさぐ。そのまましばらくじっとしていると、いつの間にか音は聞こえなくなっていた。

諦《あきら》めたのかな、と思っていると、ドアが開く音がして、誰かが部屋に入ってきた。

父さんがこんな時間に帰ってくるはずがないし、母さんも今日は遅《おそ》くなるといっていた。

ふすまを細く開けてのぞいてみても、何も見えない。

だけど、たしかに誰かが部屋の中を歩き回っているような音がする。

ぼくは音をたてないようにソッとふすまを閉めると、押入れの隅《すみ》でひざを抱《かか》えて丸くなった。

ススス、スススッという、すべるような足音が、だんだんこちらに近づいてくる。

そして、ついに押入《おしい》れのふすまがゆっくりと開いて、ぼくが思わず目を閉じたとき、

「こんなところで、なにしてるんだい？」

「え？」

思いがけない声に顔をあげると、いなかにいるはずのおばあちゃんが、不思議そうな顔で押入れの前に立っていた。

「ばあちゃん！」

ぼくは押入れを出て、おばあちゃんの胸《むね》に飛び込《こ》んだ。

「おやおや、どうしたんだい？」

おばあちゃんは呆《あき》れたようなおどろいたような顔で、ぼくの体を受け止めてくれた。

「ばあちゃんこそ、急にどうしたの？」

ぼくはおばあちゃんの顔を見上げた。おばあちゃんは、ここから電車で一時間半くらいのところに住んでいて、うちの合鍵《あいかぎ》も持ってるんだけど、今日遊びに来るという話は聞いていなかった。

「なんだか、胸騒《むなさわ》ぎがしてねえ。思い立って、とんできたんだよ」

おばあちゃんはそういってにっこり笑うと、部屋の真ん中に腰《こし》を下ろした。

「おばあちゃん、あのね……」

ぼくが事情《じじょう》を話すと、

「それは困《こま》ったねえ……」

おばあちゃんはちょっと首をかしげて、頬《ほお》に手をあてた。

おばあちゃんがいうには、幽霊《ゆうれい》や妖怪《ようかい》にとりつかれたのなら、退治《たいじ》したりお札で防ぐという方法もあるかもしれないけど、相手が神様ではどうしようもないというのだ。

「え？　神様なの？」

ぼくがびっくりして声をあげると、

「そりゃあ、神社のお社《やしろ》の中にいるんだから、神様だろうさ。まあ、もともと悪気はなかったんだから、謝《あやま》ってもしょうがないし、相手が飽《あ》きてくれるのを、待つしかないいんじゃないかねえ」

「そっか……」

肩《かた》を落としてため息をついたぼくは、おかしなことに気がついた。

おばあちゃんは、たしかにうちの合鍵《あいかぎ》は持っているけど、さっきは鍵と一緒《いっしょ》にドアチェーンもかけたはずだ。

いくら鍵を持っていても、チェーンをかけていたら、家の中に入れるはずがない。普通《ふつう》の人間なら……。

ぼくはあらためて、おばあちゃんの顔を見た。

おばあちゃんは「おや、気づいたのかい」といって片方《かたほう》の眉《まゆ》をあげると、その顔がどんどん若返《わかがえ》って、最後にはおかっぱ頭の子どもになった。

ぼくがその場にこおりついていると、子どもの姿《すがた》をした神様は、にやっと笑ってこういった。

「みーつけた」

その日の夜遅《おそ》く、ぼくはお社《やしろ》の中で気を失っているところを発見された。

それ以来、あの神社にはいっていない。

了

あの神社だ――読み終わって、ぼくは呆然《ぼうぜん》とした。

ここに出てくる神社というのは、さっき香代《かよ》ちゃんと寄《よ》り道をした、神隠《かみかく》し神社のことだろう。

もしかしたら、この本を書いた人はこの町に住んでいたのかもしれない、と思ったぼくは、あらためて本を調べた。だけど、作者の名前はどこにも書いてなかった。

普通《ふつう》、本の最後には作者の名前や出版された日付なんかが書いてある奥付《おくづけ》という部分があるんだけど、それもない。

目次もないし、考えてみれば、ずいぶん変わった本だった。たぶん、普通《ふつう》に出版された本ではないんだろう。

だけど、そういう普通じゃないところに、ヒントが隠《かく》されているのかもしれない。ぼくは座《すわ》りなおして、さらにページをめくった。

第七話　心霊《しんれい》写真

「ほんとにこっちでいいのかよ」

延々《えんえん》と続く山道に、ハンドルを握《にぎ》りながら不安げにつぶやく智樹《ともき》に、

「まかせとけって。もうすぐだから」

助手席の和則《かずのり》が、自信満々《まんまん》に答えた。

「ねえ、そのトンネルって、本当に出るの？」

後部座席《ざせき》のわたしが聞くと、和則《かずのり》は振《ふ》り返ってにやりと笑った。

「間違《まちが》いないって。おれのバイト先の先輩《せんぱい》の彼女《かのじょ》の兄貴《あにき》が、本当に見たっていってんだから」

「それって、赤の他人じゃん」

わたしの隣《となり》に座《すわ》ったみひろが、口をとがらせて和則のおでこを叩《たた》く。

「どうでもいいけど、早くしてよね。わたし、明日は朝からバイトなんだから」

週末の夜。わたしは大学の友だちの智樹《ともき》、和則、みひろと一緒に、幽霊《ゆうれい》が出るというトンネルへと向かっていた。

きっかけは、先週の〈心霊《しんれい》スポットツアー〉だった。智樹が高校の同級生と企画《きかく》したんだけど、智樹だけが直前で熱を出して参加できなかったのだ。

ところがそれを、「怖《こわ》くて逃《に》げた」と言われてカチンときた智樹は、「怖がりじゃない証《しょう》拠《こ》に、本物の心霊写真を撮《と》ってきてやる」と、みんなの前で言い切ったらしい。

その話を聞いた和則《かずのり》が「だったら、本当にやばい場所を教えてやる」といって、今日のこのドライブになったのだった。

「あ、そこを左」

和則の言葉に、智樹《ともき》が慌《あわ》ててウインカーを出して、横道へと入っていった。言われなかったら見過ごしてしまうような、暗くて細い道だ。

さっきまでの見通しのいい道とは違《ちが》って、めったに車が通らないのか、生い茂《しげ》る草や枝《えだ》が道をふさぎ、明かりもほとんどない。

「この道はもともと、この先の別荘地《べっそうち》に続く道だったんだ」

和則がささやくようにいった。

「ところが、火事になったり、強盗《ごうとう》に入られたり、持ち主が破産《はさん》したりといろいろあって、別荘地は閉鎖《へいさ》、この道を使う人もいなくなった。幽霊《ゆうれい》が出るっていうのは、この先にある短いトンネルなんだけどね……」

和則がそこまで話したとき、車はゆっくりと速度を落とした。

ライトの明かりの中に、暗いトンネルがぽっかりと浮かび上がる。

トンネルの手前で車を停めると、車のヘッドライトをつけっぱなしにして、わたしたちは車を降《お》りた。

九月も終わりに近づいて、昼間はまだ暑い日もあるけど、深夜の山の中はさすがにちょっと肌寒《はだざむ》い。

トンネルは百メートルもないくらいの短いもので、すぐそこに出口が見える。

智樹《ともき》はデジカメを取り出して、写真を何枚《なんまい》か撮《と》った。だけど、ヘッドライトで明るく照らされているせいか、写真からはあまり不気味な雰囲気《ふんいき》は伝わってこなかった。

「もういいじゃん。帰ろうよ」

みひろの言うとおり、度胸試《どきょうだめ》しなら、こんな夜中に心霊《しんれい》スポットに来たというだけで十分だ。だけど、智樹は首を振《ふ》った。

「もっと、あいつらがびびるようなのを撮《と》りたいんだよ」

「だったら、これなんかどうだ?」

いつのまにか姿《すがた》を消していた和則《かずのり》が、何かを手にして戻《もど》ってきた。

それは、あちこち汚《よご》れてぼろぼろになった、女の子の人形だった。白いシャツに赤いスカート。髪《かみ》の毛もおかっぱで、なんだかトイレの花子さんを思わせる。

「これをどこかに置いて、写真を撮《と》ったら面白いんじゃないか？」

「いいじゃん」

みひろは手を叩《たた》いて喜んだけど、わたしは人形を目にしたときから、ちょっと嫌《いや》な感じがしていた。

「それ、どうしたの？」

「そこに落ちてたんだよ」

和則はトンネルの手前の草むらを指さした。

「わたし、そんな写真にはいるの嫌だからね」

とわたしがいったので、三人が並《なら》んで、わたしがシャッターを押《お》すことになった。

「はい、撮るよー」

わたしは手を振《ふ》って、カメラをかまえた。智樹《ともき》とみひろがトンネルの手前に、和則《かずのり》が少し奥《おく》に立っている。その和則の肩《かた》のあたりに、さっきの人形の顔がのぞいていた。車に積んであったガムテープで人形を背中《せなか》にはりつけて、顔だけ見えるようにしたのだ。立ち位置を調節すれば、遠近感の関係で、トンネルの向こう側に立っている女の子が、記念写真の隙間《すきま》からちょっとだけ顔をのぞかせているように見えないこともない。

角度を変えながら何枚《なんまい》か撮《と》って、ようやく心霊写真《しんれいしゃしん》っぽい一枚が撮れたところで、わたしたちは帰ることができた。

次の日、智樹《ともき》がさっそくプリントした写真を同級生に見せると、人形をちらっとだけのぞかせたのが良かったのか、けっこう評判《ひょうばん》だったらしい。その話を聞いて、わたしはこれで終わりだと思っていたんだけれど――。

数日後。わたしとみひろが学食でお昼ごはんを食べていると、

「ちょっと、これ見てくれよ」

智樹《ともき》が真剣《しんけん》な顔で写真を持ってきた。

写真を目にしたわたしは、背筋《せすじ》がゾクッとするのを感じた。

「これ……和則《かずのり》をにらんでない？」

みひろもささやくような声でつぶやく。

わたしが写真を撮《と》ったとき、人形は和則の肩《かた》から顔だけを出して、カメラの方を向いていたはずだ。

それが、写真の中の人形は、なぜか横を向いて、和則の顔をじっとにらんでいたのだ。

向きが変わっているのは、もしかしたら和則のいたずらかもしれないけど、人形の表情《ひょうじょう》が変わるはずがない。

「いま、カメラ持ってる？」

わたしが聞くと、智樹は無言でカメラを取り出した。

カメラに保存《ほぞん》されている画像《がぞう》でも、やっぱり人形は横を向いて和則をにらんでいる。

「そういえば、今日は和則《かずのり》は？」

みひろの問いに、智樹《ともき》は首を振《ふ》って、今朝から連絡《れんらく》が取れないのだといった。

和則は大学の近くにあるアパートで一人暮《ぐ》らしをしている。心配になったわたしたちは、学食を出ると、その足で和則をたずねることにした。


「おーい、和則。いるかー」

智樹が和則の部屋を何度もノックする。だけど、中からは何の返事も返ってこなかった。

智樹がドアノブに手をやると、なんの抵抗《ていこう》もなく、くるりと回った。わたしたちは顔を見合わせると、部屋に入った。

部屋の中は、さっきまで誰《だれ》かがいたような雰囲気《ふんいき》だった。ローテーブルの上には冷めたコーヒーが置いてあるし、テレビも点《つ》けっぱなし。

まるで、朝食を食べてる途中《とちゅう》に誰《だれ》かに呼《よ》び出されて、そのままいなくなったみたいだった。

「どこ行ったんだろ……」

首をひねりながら写真を取り出した智樹《ともき》は、喉《のど》の奥《おく》で悲鳴をあげて、写真を放り出した。

その写真を見て、みひろとわたしも真っ青になった。

和則《かずのり》の姿《すがた》が写真から消え、代わりに宙《ちゅう》に浮《う》いた人形が、こちらを見て笑っていたのだ。

わたしたちが呆然《ぼうぜん》としていると、

「おい、これを見てくれ」

智樹が床《ゆか》の上で開いたままになっていたパソコンの画面を指さした。

それはどうやら、心霊《しんれい》スポットの情報《じょうほう》を集めたサイトのようで、あのトンネルの写真と解説《かいせつ》が載《の》っていた。それによると、あのトンネルでは昔、幼《おさな》い女の子が別荘《べっそう》に向かう車にはねられて死亡《しぼう》するという事故《じこ》が起こっていて、その直後から別荘地《べっそうち》に火事や強盗《ごうとう》といった不幸が相次《あいつ》いで、ついには閉鎖《へいさ》に追い込《こ》まれたらしい。

トンネルのそばに小さくそえられた新聞記事の画像《がぞう》を見て、わたしは言葉を失った。

そこにうつっている被害者《ひがいしゃ》の女の子の顔が、あの人形にそっくりだったのだ。

あれはきっと、亡《な》くなった女の子のために供《そな》えられた人形だったのだろう。

「ねえ……あの人形、あのあとどうした？」

わたしは二人の顔を見た。だけど、二人ともちょっと考えてから首を振《ふ》った。写真を撮《と》ったあと、その辺に捨《す》ててきたのかもしれない。

和則《かずのり》のことは心配だけど、とにかくあの人形をきちんと供養《くよう》しにいこうということになり、智樹《ともき》が「車をとってくる」といって部屋を出て行った。

わたしが、ほかになにか情報《じょうほう》はないかとサイトをチェックしていると、

「いやっ！」

背後《はいご》から、激《はげ》しい悲鳴が聞こえてきた。振り返ると、みひろが写真を手にしてまっ白な顔で震《ふる》えていた。

わたしも写真をのぞきこんで、声にならない悲鳴をあげた。

いつの間にか人形が手前に近づいてきて、今度はみひろの顔のそばで、みひろをじっと

にらんでいたのだ。

みひろはわけの分からない声をあげながらキッチンに走ると、ガスコンロで写真に火をつけた。そして、流し台で燃《も》やして、灰《はい》を水で流してしまった。

みひろが肩《かた》で息をしていると、表からクラクションの音が聞こえてきたので、わたしはみひろの手をひいて、アパートを飛び出した。わたしが助手席に、みひろが後部座席《ざせき》に乗り込《こ》んで、智樹《ともき》が車を出発させる。

ここからトンネルまでは、二十分くらいだ。

その間、みひろは膝《ひざ》の上で両手をぎゅっと握《にぎ》り締《し》めたまま、一言も喋《しゃべ》ろうとしなかった。

山道を走り、智樹がようやくウインカーを出してあの横道に入ったとき、ホッとしたわたしのズボンのポケットで、カサッという音がした。ポケットに手を入れて取り出すと、中からでてきたのは、さっき燃やしたはずのトンネルの写真だった。

しかも、写真の中にみひろの姿《すがた》はなく、みひろのいた場所には人形が宙《ちゅう》に浮《う》いていて、今度は隣《となり》に立っている智樹を見つめていた。

「みひろ、これ……」

写真を手に振《ふ》り返ったわたしは、ヒッと悲鳴をあげた。後部座席《ざせき》に、みひろの姿《すがた》はなかったのだ。

走っている車の中から、人がいなくなるはずがない。

「智樹《ともき》……」

わたしが声をかけると、智樹も真っ青な顔でうなずいて、ぐいっとアクセルを踏《ふ》み込《こ》んだ。行く手をさえぎるように、木の枝《えだ》がはげしくフロントガラスを叩《たた》く。

ヘッドライトの中にトンネルが浮《う》かび上がり、智樹がようやくアクセルをゆるめたとき、フロントガラスの向こうにあの人形が現《あらわ》れて、両手をひろげてぶつかってきた。

智樹はわけのわからない叫《さけ》び声をあげながらハンドルを切って、車はトンネルの手前にある、大きな木の幹《みき》に正面から激突《げきとつ》した。フロントガラスが粉々《こなごな》に割《わ》れる。

ダッシュボードで頭を打ったわたしが、うめき声をあげながら顔をあげると――

運転席から、智樹の姿《すがた》が消えていた。

ハッとして写真に目をやると、三人の姿《すがた》は消え、トンネルとあの人形だけが写っていた。

わたしが呆然《ぼうぜん》と写真を見つめていると、写真の中の人形が突然《とつぜん》にやりと笑って、こちらに近づいてきた。そして、写真の中からわたしに向かって、その手を伸《の》ばしてきた。

わたしは悲鳴をあげながら車を飛び出すと、トンネルの方へと走った。そして、わずかな月明かりを頼《たよ》りに、草むらをかきわけて、あの人形を必死で探《さが》した。

首筋《くびすじ》に、誰《だれ》かの息遣《いきづか》いがかかる。

汗《あせ》だくになりながら、ようやくあの人形を見つけたわたしが、人形の顔についた泥《どろ》を払《はら》い落として「ごめんね」とつぶやいたとき、

「待ってたよ」

後ろから誰かが抱《だ》き着いてきて、わたしは気を失った。


目を覚ましたのは、病院のベッドの上だった。体のあちこちに包帯が巻《ま》かれている。

「気分はどう？」

看護師《かんごし》さんが、わたしの顔をのぞきこんで微笑《ほほえ》んだ。

「あ、はい……」

起き上がろうとしたわたしは、体の痛《いた》みに顔をしかめた。そんなわたしの肩《かた》を、看護師さんが優《やさ》しくおさえて、

「まだ寝《ね》てた方がいいわ。ひどい事故《じこ》で、まる一日、意識《いしき》を失ってたんだから……」

「それじゃあ……」

まだぼんやりとした頭で、ほかのみんなはどうなったんだろう、と思っていると、

「だけど、よかったわね」

看護師さんがにっこり笑っていった。

「妹さんも助かって」

「え？」

なんのことだろう。わたしに妹なんかいないのに……。

わたしが混乱《こんらん》していると、看護師《かんごし》さんがベッドを仕切っているカーテンをサッとひいた。

隣《となり》では、あの人形が女の子の姿《すがた》になって、ベッドに横たわっていた。

わたしが凍《こお》りついていると、女の子はにっこり笑って口を開いた。

「ずっと一緒《いっしょ》だよ」

了

読みながら、ぼくは今朝けとばしてしまったペットボトルのことを思い出して、どきどきしていた。事故《じこ》にあった男の子が、怒ってないといいんだけど――。

それにしても――本を前にして、あらためてぼくは考えた。この話は、呪《のろ》いを解《と》くための何かのヒントなのだろうか。それとも、ただの怪談《かいだん》なのだろうか。

この本には目次がないので、ヒントを探《さが》そうにも、どこから読めばいいのか分からない。最後までパラパラとめくった感じでは、同じような怪談が延々《えんえん》と続いているみたいだ。

大事なヒントを読み落とさないためにも、最初から順番に読んでいくしかないなと思いながら、ぼくは続きを読みはじめた。

第八話　返して

秋の空はどこまでも高く、いわし雲がゆっくりと風に吹《ふ》かれています。

「ねえ、どこでお弁当《べんとう》食べよっか」

理子《りこ》ちゃんに聞かれて、

「あそこはどう？」

わたしは川から少し離《はな》れたところにある、ベンチみたいに平べったい石を指さしました。

五年生の秋の校外学習。わたしたちはバスに乗って、少し山奥《やまおく》にある大きな川原に来ていました。

夏はキャンプをする人でにぎわっているのですが、秋風が吹《ふ》くこの季節になると、川原まで降《お》りてくる人はほとんどなく、釣《つ》りをする人の姿《すがた》がちらほらと見えるくらいです。

気持ちのいい風に吹かれながら、お母さんのつくってくれたおいしいお弁当《べんとう》を食べていると、

ブーンッ！　ブブンッ！　ブブブブンッ！


激《はげ》しい爆音《ばくおん》が、立て続けに何台も頭上を通り過ぎていきました。

このあたりの山道は、カーブが多くて走るのにちょうどいいらしく、川沿《かわぞ》いの道をオートバイが猛《もう》スピードでとばしていくのです。

「あんなにスピードを出して、危《あぶ》ないね」

と、わたしがいうと、

「先月、わたしたちとおんなじくらいの女の子が、バイクにはねられて死んじゃったらし

いよ」

理子《りこ》ちゃんが声をひそめるようにして教えてくれました。

理子ちゃんによると、亡《な》くなったのはわたしたちとは別の小学校の女の子で、家族でキャンプに来て、猛《もう》スピードで走ってきたバイクにはねられたのだそうです。

しかも、はねたバイクはそのまま逃《に》げて、いまだに捕《つか》まっていないというのです。

ひどい話に、わたしが顔をしかめたとき、

「集合ーっ」

先生の声と笛の音が、向こうの方から聞こえてきました。

「集合だって」

「あ、待ってよ」

さっさと立ち上がって駆《か》け出す理子ちゃんを、慌《あわ》てて追いかけようとしたわたしは、足元に小さなリボンが落ちているのを見つけて、足を止めました。よく見ると、それは髪《かみ》留《ど》めのゴムで、赤くて可愛《かわい》いリボンがついています。クラスの誰《だれ》かが落としたのかな、と

思っていると、

「ほら、早く」

理子《りこ》ちゃんがせかす声がしたので、わたしはとっさにリボンをポケットに入れて、走り出しました。


「ただいまー」

校外学習を終えて、わたしが家に帰ると、

「お帰りなさい。あら、お友だち？」

玄関《げんかん》まで出迎《でむか》えてくれたお母さんが、わたしの肩越《かたご》しに視線《しせん》を向けていいました。

「え？」

わたしは反射的《はんしゃてき》に振《ふ》り返りました。だけど、途中《とちゅう》で理子ちゃんと別れてからはひとりで帰ってきたのですから、もちろん後ろには誰《だれ》もいません。

前を向き直ると、お母さんも首をひねって、

「変ねえ……いま、女の子が立ってたような気がしたんだけど……」

そんなことをいいながら、台所に戻《もど》っていきました。

その時は、お母さんの勘違《かんちが》いかな、と思っていたのですが、その日の夜のことです。わたしはこんな夢《ゆめ》を見ました。

夢の中で、わたしはカーブの続く山道に立っています。ここはどこだろう、と思っていると、

「返して」

いつの間にか、薄紫色《うすむらさきいろ》のワンピースを着た、わたしと同い年ぐらいの女の子が立っていて、わたしに向かって手を伸《の》ばしてくるのです。

「返してって……なんのこと?」

わたしが聞き返すと、女の子は滑《すべ》るようにスーッと近づいてきました。

「ねえ……返して」

怖《こわ》くなったわたしは、とっさに逃《に》げ出しました。だけど、どこまで逃げても女の子はついてきます。

「ねえ、返してよ……返して……返してってば……返せよ……返せ……返せ返せ返せ返せ返せ返せ返せっ!」

絶叫《ぜっきょう》しながら追いかけてくる女の子の声に、それ以上走れなくなったわたしが振《ふ》り返ると、女の子がすごい形相でわたしをにらみながら、ぼさぼさの髪《かみ》でわたしに迫《せま》ってきます。

夢《ゆめ》の中であげた自分の悲鳴に、わたしは目を覚ましました。

ベッドから起き上がると、勉強机《づくえ》の前に立って、一番上の引き出しをあけます。

中に入っているのは、川原で拾ったあのリボンです。

夢に出てきたあの女の子は、きっと、山道で事故《じこ》にあって亡《な》くなった女の子で、このリボンは彼女《かのじょ》のものだったのでしょう。

明日、学校に行ったら、今日の校外学習の場所を詳《くわ》しく先生に聞くことにして、わたしはリボンを枕元《まくらもと》に置くと、ふたたび眠《ねむ》りにつきました。

「おはよー」

次の日の朝。いつもの曲がり角で顔を合わせた理子《りこ》ちゃんは、わたしの肩越《かたご》しに視線《しせん》を向けると「あれ？」とつぶやいて首をかしげました。

「どうしたの？」

わたしがたずねると、

「なんか、女の子が後ろにぴったりと立ってたから、友だちかな、と思ったんだけど、いつの間にかいなくなっちゃった」

わたしはちょっとゾッとしながら、

「どんな子だった？」

と聞きました。

「えっと……顔はよく覚えてないけど、薄紫色《うすむらさきいろ》のワンピースを着てたよ」

わたしは無意識《むいしき》のうちに、リボンの入ったズボンのポケットを上から押《お》さえました。

たぶん、このリボンを返すまで、女の子はわたしについてくるのでしょう。

教室に着くと同時にチャイムが鳴ったので、休み時間になったら先生に聞きにいこうと思いながら、机《つくえ》から教科書を出そうとしたわたしは、

「え?」

思いがけない出来事に、体が固まりました。机に入れた手を、誰《だれ》かが中からひっぱっているのです。

パニックになりながらも、なんとか手を引き抜《ぬ》こうとしていると、机の中から細い腕《うで》とともに、昨夜の女の子の顔が現《あらわ》れて、わたしを見上げていいました。

「返してよ」

「いやーーーーーっ!」

机を突《つ》き飛ばすようにして立ち上がったわたしは、自分の椅子《いす》につまずいて、その場にしりもちをつきました。

机の中から現れた女の子は、そのまま這《は》うようにして、ずるずるとわたしに迫《せま》ってきます。

「いやっ、いやっ、いやっ、いやーーっ！」

腰《こし》が抜《ぬ》けたわたしは、顔を激《はげ》しく左右に振《ふ》りながら、腕《うで》の力だけで後ずさりました。

「どうしたの？」

ちょうど教室に入ってきた担任《たんにん》の吉岡《よしおか》先生が、こちらにとんでくるのが見えます。

「返すから……絶対《ぜったい》返すから……」

わたしはうわごとにようにつぶやきながら、先生に抱《かか》えられるようにして、保健室《ほけんしつ》へと運ばれました。

あの女の子が視界《しかい》から消え、ベッドに横になると、ようやく気持ちが落ち着いたわたしは、先生にいままでのことを正直に話しました。

わたしの話をどこまで信じてくれたのかはわかりませんが、リボンを拾ったことは事実なので、先生は川原の場所を詳《くわ》しく教えてくれました。そして、

「怖《こわ》い夢《ゆめ》で、昨夜はあんまり眠《ねむ》れなかったんじゃない？　おうちには連絡《れんらく》しておいたから、お母さんが迎《むか》えに来るまで、ゆっくり眠りなさい」

そういい残すと、ベッドを囲むカーテンを閉じて、教室へと戻《もど》っていきました。

だけど、わたしはなかなか眠《ねむ》れませんでした。眠ったら、夢《ゆめ》にあの女の子が出てくるような気がしたのです。

しばらくして、カーテンに人影《ひとかげ》がうつったので、わたしは体を少し起こしながら声をかけました。

「お母さん?」

しかし、シャッと音を立てて開いたカーテンの向こうに現《あらわ》れたのは、あの女の子でした。

金縛《かなしば》りにあったように動けないでいるわたしに、女の子はにっこり笑っていいました。

「返して」


気がつくと、わたしは学校を出て、街を歩いていました。

なんだか、頭に白いもやがかかっていて、自分の体が自分のものじゃないみたいです。

駅を通り過ぎて、あんまり見たことのない場所まで来ると、わたしは広い駐車場《ちゅうしゃじょう》のあるコンビニの前で足を止めました。入り口のそばに、十台近いバイクが止まって、革《かわ》ジャンを来た男の人たちがたばこや缶《かん》コーヒーを手に騒《さわ》いでいます。

わたしはなぜか、その人たちの方に歩み寄《よ》ると、中でも特に目つきの鋭《するど》い男の人の前で立ち止まりました。

男の人は「なに見てんだよ」とわたしをにらんできましたが、突然《とつぜん》ハッとした表情《ひょうじょう》になると、わたしの頭を指さして、

「お、おまえ……」

とつぶやきました。そして、バイクに飛び乗ってエンジンをかけると、ヘルメットもかぶらずに道路に飛び出して、走ってきたトラックにはねとばされました。

大きく宙《ちゅう》を舞《ま》うバイクを、まるで映画《えいが》のワンシーンのようにぼんやりと眺《なが》めながら、なにげなく頭に手をやると、いつの間につけたのか、あのリボンの髪留《かみど》めが頭にとまっていました。

あとから聞いた話では、あの男の人は大怪我《おおけが》はしたものの命は助かって、山道で女の子をはねて死なせたことを告白したそうです。

あの女の子が「返して」といっていたのは、リボンのことではなく、きっと、犯人《はんにん》の男の人に「わたしの命を返して」といいたかったのでしょう。

それでも、わたしはリボンを返すために、次の日曜日、お父さんに車を運転してもらって、あの事故現場《じこげんば》にやってきました。

理子《りこ》ちゃんとお弁当《べんとう》を食べた、ちょうど真上のところに、お花とお線香が供《そな》えられています。

お花に囲まれて笑っている写真の顔は、あの女の子の顔でした。

わたしはリボンをそっと写真の前に置くと、目を閉じて手を合わせました。

(リボンをもっていっちゃってごめんね……)

目を開けると、写真の中の女の子が、にっこり微笑《ほほえ》んだような気がしました。

わたしが女の子に笑い返して立ち上がろうとしたとき、

「危《あぶ》ない!」

お父さんの叫《さけ》び声がして、わたしの体が宙《ちゅう》に浮《う》きました。

次の瞬間《しゅんかん》、わたしの体をかすめるようにして、バイクが走り去っていきました。

お父さんがわたしを抱《だ》きかかえたまま、真っ青な顔をしています。

さっきまで、わたしが手を合わせていた場所には、黒いタイヤの跡《あと》が残っていました。

あと少し遅《おく》れていたら……。

わたしが呆然《ぼうぜん》としていると、写真の中の女の子が、悲しそうな顔になって、こうつぶやきました。

「もうちょっとで、おともだちができたのに……」

了

ガタッ……ガタガタガタッ……


部屋の外から聞こえてきた激《はげ》しい物音に、ぼくは顔を上げた。

ふすまの向こうには廊下《ろうか》があって、そのさらに向こうにはガラス戸で仕切られた裏庭《うらにわ》がある。

いまの音は、たぶんガラス戸が風に揺《ゆ》れた音だろう。

(風が強くなってきたのかな……)

腰《こし》を上げてふすまを開けたぼくは、びっくりして、そのままの姿勢《しせい》で固まってしまった。

ガラス戸の向こうに、小さな男の子がうつむくようにして立っているのが見えたのだ。

ぼくが動けないでいると、

「ねえ……して」

男の子の唇《くちびる》がかすかに震《ふる》えて、ささやくような声が聞こえてきた。

「え?」

ぼくが反射的《はんしゃてき》に聞き返すと、

「返して」

男の子は顔を上げて、こちらにまっすぐ手を伸《の》ばした。そして、そのままスーッとすべるように移動《いどう》すると、ガラス戸を通り抜《ぬ》けて、ぼくの目の前に迫《せま》ってきた。

「うわっ！」

ぼくは転がるようにして部屋に戻《もど》ると、後ろ手にふすまを閉めた。だけど、男の子はふすまも通り抜けて、部屋の奥《おく》に逃《に》げ込《こ》んだぼくに近づいてくる。

よく見ると、男の子は服のあちこちが破《やぶ》れて、頭からは血を流していた。

「ねえ、返してよ」

机《つくえ》の前でのけぞるようにしながら、ぼくは考えた。

いま読んだ話の中では、主人公は亡《な》くなった女の子のリボンを持って帰ったばかりに、女の子の幽霊《ゆうれい》を連れて帰ってしまった。もしかしたら、ぼくも自分では気づかないうちに、この男の子の持ち物をどこかで拾ったんじゃ……。

そこまで考えて、ぼくは思い出した。今日拾ったものといえば、これしかない。

ぼくは机から財布《さいふ》をつかみとると、ひっくり返して小銭《こぜに》を畳《たたみ》の上にぶちまけた。その拍《ひょう》子《し》に、土で汚《よご》れた五円玉が一枚、男の子の足元に転がっていく。

「あ、あった」

それを見て、男の子の表情《ひょうじょう》がパッと明るくなったかと思うと、その五円玉を拾い上げて、そのままスーッと消えていった。


誰《だれ》もいなくなった部屋の中で、ぼくが畳《たたみ》に散らばった小銭を拾い集めていると、

「あれ？　強志《つよし》ちゃん、なにしてるん？」

ふすまが開いて、香代《かよ》ちゃんが顔をのぞかせた。

「あ、うん、ちょっとね。どうしたの?」

「友だちが来たから、呼《よ》びに来たんやけど。ちょっと、お茶でもせえへん?」

香代《かよ》ちゃんの言葉に、ぼくはうなずいて腰《こし》をあげた。


「ねえ、香代ちゃん」

廊下《ろうか》を歩きながら、ぼくは香代ちゃんに話しかけた。

「さっき、橋のたもとで事故《じこ》があって、男の子が亡《な》くなったっていってたよね? あそこって、もしかしてお金もお供《そな》えしてた?」

「お金ってゆっても、小銭《こぜに》やけどな」

香代ちゃんはあっさりとうなずいた。

「この辺では、向こうにいったときに困《こま》らんようにって、亡くなった人に小銭を持たせる習慣《しゅうかん》があるらしいねん」

そんな話をしながら香代ちゃんの部屋に入ると、髪《かみ》の長い女の子が、テーブルの前で正《せい》座《ざ》をして待っていた。

香代《かよ》ちゃんは、その女の子――陽子《ようこ》さんとぼくを互《たが》いに紹介《しょうかい》すると、

「陽子ちゃんは、みえる人やねん」

そんな風に話を切り出した。陽子さんは困《こま》ったような顔で微笑《ほほえ》んでいる。そして、

「みえるっていっても、たまにそれっぽい気配を感じるくらいやけどね」

そういうと、ふと真剣《しんけん》な表情《ひょうじょう》になって、ぼくの顔をじっと見つめた。

「あの……どうかしましたか？」

不安になってぼくがたずねると、陽子さんはまばたきをしてから、小さく首を振《ふ》った。

「ごめん、なんでもない。それより、あのビルで人影《ひとかげ》を見たって聞いたんやけど……」

あのビルというのは、塾《じゅく》の入っているビルのことだろう。ぼくがうなずいて、自分が見たものを簡単《かんたん》に説明すると、

「おかげで助かったわ」

陽子さんがにっこり笑ってそういった。

「肝試《きもだめ》しをやらずにすんだから」

昨日は元々《もともと》、香代《かよ》ちゃんと陽子《ようこ》さん、それに珠代《たまよ》さんという友だちと三人で、あのビルに肝試《きもだめ》しにいく予定だったらしい。

だけど、もともと陽子さんはあまり乗り気じゃなかった上に、ぼくの話を聞いて、香代ちゃんまでやめようと言い出したので、直前で中止になったのだそうだ。

「あそこ、なんか気持ち悪かったから」

陽子さんがそういって顔をしかめると、

「珠代がそういうの好きで、けっこう強引に誘《さそ》ってきたねん」

香代ちゃんがスマホの画面をぼくの方に向けた。それを見て、ぼくは目を見開いた。

画面には一枚の写真が表示《ひょうじ》されていて、ショートカットの女の子がピースをして写っているんだけど、その背後《はいご》にまっ白な女性《じょせい》の顔が浮《う》かんでいて、恨《うら》めしそうな目でじっと女の子の顔をにらんでいたのだ。

「これって……」

ぼくがおどろいて香代ちゃんを見ると、

「これが珠代。この写真、心霊《しんれい》アプリでつくったんやって」

香代《かよ》ちゃんがショートカットの女の子を指さして、呆《あき》れ顔で肩《かた》をすくめた。

アプリというのは、スマホでゲームをしたり音楽を聞いたりするためのソフトなんだけど、その中に、「自分の写真を加工して、心霊《しんれい》写真にするアプリ」というのがあるのだそうだ。

「こんなことやってたら、危《あぶ》ないと思うんやけど……」

陽子《ようこ》さんが眉《まゆ》をひそめてつぶやく。ぼくも、さっき読んだ心霊写真の話を思い出して、ちょっと怖《こわ》くなった。

「それより、陽子に聞きたいことがあるんやろ？」

香代ちゃんにうながされて、ぼくは陽子さんに『闇《やみ》の本』のことを聞いてみた。

「『闇の本』？」

陽子さんはほおに手を当てて考えていたけど、やがて申し訳《わけ》なさそうに首を振《ふ》った。

「ごめん。聞いたことないなあ……『黒い本』やったら聞いたことあるんやけど」

「『黒い本』？」

ぼくが身を乗り出すと、香代ちゃんが手を叩《たた》いた。

「あ、あれやろ？　怖《こわ》い話がいっぱい載《の》ってる本で、その本を読んだら、自分の身の回りにもほんまにおかしなことが起こるっていう……」

『黒い本』か……」

ぼくはつぶやいた。『闇《やみ》』と『黒』なら、たしかに似《に》ている。

「その『闇の本』も、読んだらなにかおかしなことが起こるん？」

陽子《ようこ》さんに聞かれて、ぼくはあのとき山岸《やまぎし》さんにいわれたことを、できるだけ正確《せいかく》に思い出そうとした。

「たしか……『本を手に入れたり、少しでも読んでしまったら、二、三日で本に命を吸《す》い取られてしまう』っていってました」

「『いってました』って、誰《だれ》が？」

香代《かよ》ちゃんに聞かれて、ぼくは言葉に詰《つ》まった。

「誰って、その……本のことを教えてくれた人」

「その人には詳《くわ》しいことは聞かれへんの？」

「それが、どこにいるのか分からないんだ」

「ふうん」

香代《かよ》ちゃんは、なんだかふにおちない顔をしていたけど、

「それって、なんか『呪《のろ》いのエメラルド』みたいやなあ」

突然《とつぜん》そんなことをいいだした。

「呪いのエメラルド？」

ぼくは聞き返した。

香代ちゃんは、わたしも本で読んだだけなんやけど、と前置きをして、

「なんか、めっちゃ大きなエメラルドで、持ち主が次々《つぎつぎ》と不幸な目にあうらしいねん」

といった。

香代ちゃんの話によると、記録に残っている最初の持ち主は、あるヨーロッパの小国の国王だったらしい。

国王は、そのエメラルドを国の宝として自慢《じまん》していたんだけど、そのせいで、エメラルドを狙《ねら》ってせめこんできた隣国《りんごく》にほろぼされ、国王は戦死した。

隣国の国王は、手に入れたエメラルドを、若《わか》くて美しい貴族《きぞく》の娘《むすめ》に送ろうとした。とこ

ろが、それに嫉妬《しっと》した王妃《おうひ》に、国王も貴族《きぞく》の娘《むすめ》も毒殺《どくさつ》されてしまった。

その王妃も、エメラルドを身に着けて馬車に乗っているところを、山賊《さんぞく》に襲《おそ》われ、殺されてしまう。

山賊は捕《つか》まって死刑《しけい》になり、エメラルドはある宝石商の手に渡《わた》ったが、この宝石商はどういうわけか、まるでエメラルドにとりつかれでもしたかのように、毎日エメラルドを眺《なが》めるばかりでまったく仕事をしなくなり、ほどなく破産《はさん》、財産《ざいさん》はすべて人の手に渡った。

「それ以外にも、記録に残ってるだけで何十人っていう人が、このエメラルドのせいで死んだり破産したりしてるんやって」

「でも……」ぼくは不思議に思ってつぶやいた。

「もし、それがエメラルドのせいだったとしても、どうして持ち主を呪《のろ》ったりするんだろう?」

「人間を恨《うら》んでたんかな?」

香代《かよ》ちゃんが首をかしげる。すると、陽子《ようこ》さんが、

「本当の持ち主のところに帰りたかったから、っていう説を聞いたことあるけど」

と言い出した。何らかの事情《じじょう》で本来の持ち主と離《はな》れ離《ばな》れになったエメラルドが、持ち主のところに戻《もど》るために、手に入れた者を次々《つぎつぎ》と破滅《はめつ》させていったというのだ。

「持ち主が破産《はさん》したり亡《な》くなったりしたら、エメラルドは別のだれかの手にわたっていくやろ？　そうしていくうちに、元の持ち主のところに帰れると思ったらしいねん」

「でも、そんなまわりくどい方法で、本当に持ち主のところに帰れるのかな？」

ぼくがいうと、陽子《ようこ》さんは「さあ」と肩《かた》をすくめた。

「宝石は永遠やから、いくらでも時間があるけど、人間には寿命《じゅみょう》があるからなあ」

香代《かよ》ちゃんが新しいお菓子《かし》の袋《ふくろ》を開けながらいった。

「それじゃあさあ……」

「その呪《のろ》いの本も、持ち主を不幸にして、本当の持ち主のところに戻ろうとしてるんかな？」

（そうか……）

たしかに、急に誰《だれ》かが死んだりいなくなったりして、その持ち物の中に何かいわくありげな本があったら、その人の家族か知り合いが本を引き取ったり、古本屋に売ったりして、ほかの人の手に渡《わた》っていくだろう。

だけど、今回は消えた持ち主が本を隠《かく》し部屋にしまっていた上、その家の家賃《やちん》を何年も払《はら》い続けていた。そんな特殊《とくしゅ》な事情《じじょう》がなければ、あの本はもっと早くに誰《だれ》かの手に渡って
いたはずだ。

なんだかまるで、ほかの人の手に渡るのを防《ふせ》ぐため、本を封印《ふういん》していたみたいだな――

ぼくがそんなことを考えていると、

「怖《こわ》い本といえば、陽子《ようこ》ちゃん、『びっくり絵本　いないいない……ばぁっ！』っていう絵本、知ってる？」

香代《かよ》ちゃんが陽子さんに話しかけて、陽子さんがきょとんとした。

「え？　それって、怖い本なの？」

「あ、そうか」

香代ちゃんは苦笑して、あの本のことを説明した。陽子さんはちょっと首をかしげて、

「最後のページが鏡になってる絵本は、わたしも見たことあるけど、あれはどっちかというと、怖いというより楽しい絵本じゃなかったかな……」

「あの絵本も、もともとはたぶん、そのつもりだったんだよ」

ぼくは口をはさんだ。

最後のページに鏡がついてるのを知らなかったことと、鏡があまりにもよれよれになっていたこと、そして、ぼくがまだ小さかった上に、説明してくれる大人が誰《だれ》もそばにいなかったことが重なって、いないいないばあ恐怖症《きょうふしょう》になるほど怖《こわ》くなってしまったのだ。

「いないいないばあといえば、わたし、珠代《たまよ》からこんな話を聞いたことあるんやけど……」

そんな前置きをして、陽子《ようこ》さんは語り出した。

「ある男の人が、A《エー》子さんという女の人と何年も付き合っていたのですが、B《ビー》子さんという新しい彼女《かのじょ》が出来て、A子さんを殺してしまいました。

A子さんと付き合ってたことは、誰にも秘密《ひみつ》にしていたので、その男は捕《つか》まることもなく、B子さんと結婚《けっこん》して、やがて可愛《かわい》い女の子が生まれました。

だけど、その赤ちゃんの顔が、だんだんA子さんに似《に》てくるのです。怖くなった男は、赤ちゃんを避《さ》けるようになったのですが、その態度《たいど》をB子さんが不審《ふしん》がるようになってきました。

そして、ある日曜日。男は、赤ちゃんを避《さ》けていないことを証明《しょうめい》しようと、B《ビー》子さんの前で、娘《むすめ》にいないいないいないばあをしようとしました。

『いないいないいない〜』

といいながら、両手で顔を隠《かく》します。パッと両手を開いて、『ばぁっ！』といおうとした男の目の前で、A《エー》子さんの顔になった赤ちゃんが、にやりと笑って低い声でこういったそうです。

『いるよ』」

背中《せなか》がぞくっとして、思わず背後《はいご》を振《ふ》り返った。もちろん、後ろには誰《だれ》もいない。香代《かよ》ちゃんも、ちょっとこわばった顔で手を握《にぎ》り締《し》めている。

「あ、ごめんごめん。怖《こわ》かった？」

陽子《ようこ》さんが心配そうにぼくたちの顔を見たので、ぼくと香代ちゃんは顔を見合わせて、首を振った。

「大丈夫《だいじょうぶ》。それより、珠代《たまよ》、遅《おそ》いなあ」

香代《かよ》ちゃんはスマホを手にとった。

「さっきの写真の人？」

ぼくがなにげなく聞くと、

「うん、そう」

香代ちゃんはさっきの写真を表示《ひょうじ》しようとして――ヒュッと息を吸《す》い込《こ》んだ。

「どうしたの？」

ぼくが声をかけると、青い顔をした香代ちゃんは、無言で画面をこちらに向けた。それを見て、ぼくと陽子《ようこ》さんも言葉を失った。

さっきまで、後ろでにらんでいるだけだったはずの白い顔の女が、珠代《たまよ》さんの首に手をかけていたのだ。

「これって、そういうアプリなん？　写真が変化するとか……」

陽子さんの問いに、香代ちゃんはぶんぶんと首を振《ふ》った。

「まさか……それに、そういうアプリやったとしても、わたしが保存《ほぞん》した写真まで変わるわけないやん」

香代《かよ》ちゃんは「ちょっと、電話してみる」といってスマホを操作《そうさ》した。だけど、すぐに首を振《ふ》って、

「つながらへん。いってみよ」

陽子《ようこ》さんの肩《かた》をポンと叩《たた》くと、さっと立ち上がって部屋を出て行った。陽子さんもその後を追って腰《こし》をあげたけど、ふと何かを思い出したように足を止めると、ぼくの方を振《ふ》り返っていった。

「強志《つよし》くん、最近、身の回りでなんかおかしなこと起こってない？」

「え？」

いきなり図星をさされて、ぼくが戸惑《とまど》っていると、

「わたしも、はっきり見えるわけやないんやけど、なんか、黒いもやみたいなものが強志くんの肩のあたりに見えるねん」

ぼくは思わず肩越《ご》しに振り返った。もちろん何も見えないけど、あの本を手にしてから、何か重いものが背中《せなか》のあたりにのしかかっているような感覚はある。

やっぱり、本当に何かがとりついてるのかも……。

そんな気持ちが表情《ひょうじょう》に出たのだろう、陽《よう》子《こ》さんは優《やさ》しく微笑《ほほえ》んで、「でも、大丈夫《だいじょうぶ》やと思う」と続けた。

「すぐ後ろに、強志《つよし》くんを守ろうとしてる、髪《かみ》の長い女の人が見えるから」

「え？」

「目の辺りが、ちょっと強志くんに似《に》てるけど。心当たり、ある？」

ぼくが言葉を出せずに固まっていると、

「陽子ちゃーん」

玄関《げんかん》の方から香代《かよ》ちゃんの呼《よ》ぶ声が聞こえてきた。

「はーい。それじゃあ、またね」

陽子さんは手を振《ふ》って、駆《か》け出していっ

た。ぼくはひとり残された部屋の中、部屋の片隅《かたすみ》にたてかけられた大きな姿見《すがたみ》の前に立った。

髪《かみ》の長い女の人というのは、たぶん母さんのことだろう。

ぼくは肩《かた》のあたりに手を置いてみた。もしかしたら、黒いもやから守ってくれようとしているのかもしれない。

少し元気と勇気が出てきたような気がして、ぼくは両手をぎゅっと握《にぎ》り締《し》めた。


部屋に戻《もど》ると、『闇《やみ》の本』はまるでぼくを待っていたみたいに、きちんと机《つくえ》の上に置いてあった。

手に取ると、なんだか少し重くなったような気がする。

命が吸《す》い取られているみたいで気持ち悪いな、と思いながら、ぼくはページをめくった。

第九話　タクシー

お客さん、どちらまで……え？　S《エス》町ですか？　S町のどちらまで……はあ、町に入ってから道を指示《しじ》するんですね。分かりました。

え？　いやあ、S町っていわれると、ドキッとするんですよ。一軒《けん》だけ、あんまり行きたくないおたくがありましてね……。

どういうことかって？　はあ……お話してもいいですけど、お客さん、怪談《かいだん》は大丈夫《だいじょうぶ》ですか？

あれは、去年の秋のことです。うちの会社の同僚《どうりょう》に、F《エフ》っていうのがいたんですけどね。新月の夜に、A墓地《エーぼち》の前で女の人を乗せたんです。

A墓地といえば、誰《だれ》でも一度は聞いたことのある、有名な怪談の舞台《ぶたい》です。深夜、タクシーがA墓地《エーぼち》の前で女の人を乗せて、家に到着《とうちゃく》すると、後部座席《ざせき》には誰《だれ》もいない。よく見ると、シートがぐっしょりと濡《ぬ》れている。あとで聞いたら、一年前のその日に、その家の娘《むすめ》さんが海で亡《な》くなって、A墓地に眠《ねむ》っている――そんな怪談《かいだん》です。

F《エフ》も、ちょっと嫌《いや》だな、と思いながら乗せたんですって。白いワンピースに黒くて長い髪《かみ》、顔をずっとうつむき加減《かげん》にしているところなんか、まさに怪談に出てくる幽霊《ゆうれい》そのものですから。

それでも、いわれたとおりに車を走らせて、到着《とうちゃく》したのはS《エス》町のはずれにある大きなお屋敷《やしき》でした。Fがおそるおそる後ろを振《ふ》り返ると――彼女《かのじょ》はちゃんとシートに座《すわ》っていました。

緊張《きんちょう》していたFが、思わず大きく息を吐《は》き出すと、その人はにっこり笑って、こういったそうです。

「わたしのこと、幽霊だと思ったんじゃありません?」

ここでスッと姿《すがた》を消したら、それはそれで怪談《かいだん》なんですけどね。その女性《じょせい》は、姿を消すこともなくきちんと料金を払《はら》って車を降《お》りると、去り際《ぎわ》に、

「またお願いしてもいいですか?」

そういって、お屋敷《やしき》に入っていったそうです。

わたしら同業者は、その話を聞いてうらやましくてね。——いや、美人のお客さんっていうのも、もちろんうらやましいんですけど、この不況《ふきょう》ですからね。常連《じょうれん》さんがついてくれるっていうのが、本当にうらやましかったわけです。

ところがね、それ以来、F《エフ》の様子がおかしいんですよ。

はじめのうちは、ちょっと元気がないな、という程度《ていど》だったんですが、だんだん頬《ほお》がこけ、顔色が黒ずんできて、日に日にやせていくんです。

わたしたちは心配して、休むようにすすめたんですけど、Fは絶対《ぜったい》に休もうとしません。

「お客さんが待ってるから」って……。

さすがに普通《ふつう》じゃないと思った同僚《どうりょう》のひとりが、ある日、S《エス》町の近くでFの車が走るの

を見かけて、あとをつけたんです。

まあ、心配半分、好奇心《こうきしん》半分ですけどね。

F《エフ》の車は小さな児童公園の前を通り過ぎて、細い坂道に入ると、そのままどんどん山の中に入っていきます。いつの間にか人家はなくなり、道の両側は、林か空き地ばかりです。

たしかに町の外れとはいってたけど、さすがにおかしいなと思い始めたとき、道が大きく左にカーブしたかと思うと、突然《とつぜん》前方に風見鶏《かざみどり》のまわる三角の屋根が見えてきて、Fの車のブレーキランプが点《とも》りました。

そいつは、そのまま少し離《はな》れたところに車を停めて、じっと見てたんですが、後部座席《ざせき》のドアは開いたのに、誰《だれ》も降《お》りてくる様子がないんです。それなのに、Fの方はわざわざ運転席から車をおりて、門に向かって何度も頭をさげてるんですよ。

車を飛び出して、Fにかけよったその同僚《どうりょう》は、目を疑《うたが》いました。

門の向こうに建っているのは、壁《かべ》は落ち、庭は荒《あ》れ、すっかり朽《く》ち果てた廃墟《はいきょ》のようなお屋敷《やしき》だったんです。

「おい、大丈夫《だいじょうぶ》か！　しっかりしろ！」

同僚《どうりょう》がF《エフ》の肩《かた》をつかんで揺《ゆ》さぶると、Fはこけた頬《ほお》でへらへら笑いながら、意識《いしき》を失ったそうです。


Fはそのまま入院して、三日後に息を引き取りました。

実は、うちの会社のタクシーには、車載《しゃさい》カメラがついてるんです。ほら、強盗対策《ごうとうたいさく》なんかのために、車内の風景を録画してるカメラですよ。

会社に戻《もど》ってから、Fの車のカメラにうつっていた最後の映像《えいぞう》を、会社のみんなで確認《かくにん》したんですけどね……それを見て、みんな言葉を失いました。

車はまず、A《エー》墓地《ぼち》の前で停まってドアを開けます。だけど、誰《だれ》も乗ってこないんですよ。たまに、手をあげておいて乗ろうとしない、たちの悪いやつがいるから、そういうのかなって思ってたら、

「こんばんは。今日も寒いですね」

F《エフ》はニコニコしながらドアを閉めると、空っぽの後部座席《ざせき》を振《ふ》り返って、愛想よく話しかけたんです。

もちろん、助手席にも誰《だれ》も乗っていません。

それからFは車を走らせると、無人の後部座席と、ひとりで会話をはじめました。

「いつものところですね。分かりました」

「そんな服装《ふくそう》で、寒くないですか?」

「……いやあ、たしかにそうですね。失礼しました」

「……違《ちが》いますよ。わたしなんて、全然……」

ざっと、そんな具合です。

よく見ると、後部座席の真ん中あたりに、ふわふわと白いもやがかかってるようにも見えます。

しばらくして、車が停まると、お金のやりとりをするみたいな仕草があって、ドアが開きました。それから、Fが車をおりて――

映像《えいぞう》はそこまでで終わっています。

え？　Ｆ《エフ》の死因《しいん》ですか？　それが……老衰《ろうすい》だったそうです。

まだ四十前だったんですけどね。

お客さんも、Ａ墓地《エーぼち》から乗ってきたでしょ？　それで、この話を思い出したんですけど
……。

しかも、この道をまっすぐいくと、その廃墟《はいきょ》なんですよ。まさか、お客さん……それとも、車載《しゃさい》カメラ、確認《かくにん》した方がいいですか？

了

『タクシー』を読み終わったぼくは、少し考えてから、本をカバンにいれて出かける準備《じゅんび》を始めた。話の中に出てきたお屋敷《やしき》の場所が、あの幽霊《ゆうれい》屋敷とそっくりなことが気になったのだ。

これはやはり、あの場所に何かあるということだろう。

ぼくは部屋を出ると、母屋の一番奥《おく》の部屋から、あのお屋敷《やしき》の鍵《かぎ》をこっそりと持ち出した。信《しん》ちゃんが鍵を戻《もど》すところを見て、場所を覚えておいたのだ。

おばさんに「ちょっと、散歩にいってきます」と声をかけてから家を出る。

空には一面に、灰色《はいいろ》の厚《あつ》い雲がかかっていた。ヒュウ〜……ヒュウ〜……と、北風がどこかの生垣《いけがき》を鳴らしている。その音を聞いていると、いっそう寒さが増《ま》すような気がして、ぼくはギュッと首をすくめた。

児童公園の前を通り過ぎ、人気のない道を歩いて幽霊《ゆうれい》屋敷にたどりつくと、ぼくは鍵を開けて通用門から中に入った。

昨日は信ちゃんと一緒《いっしょ》だったけど、ひとりだとやっぱり心細い。

どきどきしながら屋敷に入ったぼくがまっすぐ二階に上がると、どういうわけか、あの鏡の裏《うら》のドアがわずかに開いていた。

ある予感を抱《いだ》きながら、部屋の中をのぞきこむと、山岸《やまぎし》さんが本棚《ほんだな》の前で本を手にして立っていた。

山岸《やまぎし》さんはぼくの姿《すがた》に気づくと、本を棚《たな》に戻《もど》して、にっこり微笑《ほほえ》んだ。

「やあ、また会ったね」

ぼくは部屋に入って、山岸さんの前に立つと、その顔をじっと見上げながらいった。

『闇《やみ》の本』の呪《のろ》いは、どうやったら解《と》けるんですか?」

「やっぱり、読んだんだね?」

微笑みを浮《う》かべたまま、こちらに一歩近づく山岸さんに、ぼくはこくりとうなずいた。

山岸さんは、ぼくの肩越《かたご》しに視線《しせん》を向けて、一瞬《いっしゅん》おどろいたような表情《ひょうじょう》を見せたけど、すぐにぼくの顔に目を戻して肩をすくめた。

「悪いけど、ぼくも本当に知らないんだ。ぼくが伯父《おじ》さんから聞いてるのは、あの本を読んだものはいなくなってしまうということぐらいで……」

「いなくなるって……死んじゃうっていうことですか?」

ぼくがたずねると、山岸さんは少し考えてから首を振《ふ》った。

「いや、伯父《おじ》さんは『いなくなる』って言ってたな……。とにかく、あの本を手に入れた人は、だいたい二、三日くらいで姿を消してしまうらしい。中には、古本屋からあの本を買ったけど、忙《いそ》しくて一ページも読めないとぼやいていた人が、その直後にいなくなったこともあったらしいよ」

「読んでなくても消えることがあるんですか？」

ぼくはちょっと驚《おどろ》いた。

「うん。ただし、手に入れた人から本を見せてもらっただけの人や、本に手を触《ふ》れただけの人は消えてないんだ」

山岸《やまぎし》さんは、ぼくの目をのぞきこみながら、まるで試すような口調でいった。

ぼくがその言葉の意味を考えていると、

「それから――」

山岸さんはぼくに顔を近づけて、ささやくようにいった。

「伯父《おじ》さんは、こんなこともいっていた。『あの本は生きている』って」

「本が生きている……」

ドクン、とカバンの中の本が脈打ったような気がして、ぼくはドキッとした。

もしかしたら、いなくなった人たちというのは、この本に食べられてしまったんじゃないだろうか――

馬鹿馬鹿《ばかばか》しい想像《そうぞう》を頭から追い払《はら》って、ぼくはさらに考えをすすめた。

本を見たり触《さわ》ったりしただけでは何も起きないけど、読んだり買ったりしたら呪《のろ》われてしまう。つまり――

この本が呪うのは、本の持ち主だ。

さっき香代《かよ》ちゃんたちと交わした会話が、頭の中によみがえる。

陽子《ようこ》さんの説によると、呪われたエメラルドは本当の持ち主のところに戻《もど》るため、持ち主を次々《つぎつぎ》と不幸な目に合わせていった。

それじゃあ、この本はいったいなんのために持ち主を呪うのだろうか。

なにか目的があって持ち主を呪うのか、それともただ人間の生命力みたいなものを吸《す》い取りたいだけなのか――

考えるのに夢中《むちゅう》になって、ふと気がつくと、山岸《やまぎし》さんの姿《すがた》は部屋の中からいなくなっていた。

ドアが開く音がしなかったとか、そういうレベルじゃない。まるで、部屋の空気を少しも揺《ゆ》らさずに消えてしまったみたいだ。

もしかしたら——もうひとつ、馬鹿馬鹿《ばかばか》しい考えが頭に浮《う》かんだ。あの人は、山岸教授《やまぎしきょうじゅ》を伯父《おじ》さんと呼《よ》んでるけど、もしかしたらあの人自身が山岸教授本人なんじゃないだろうか。

『闇《やみ》の本』を手に入れた山岸教授は、呪《のろ》いを解《と》く方法を見つけられずに、本に取り込《こ》まれそうになった。だけど、怪談《かいだん》や呪いの専門家だった教授は、なんらかの方法で、自分の分身をこの世界にとどまらせた。

それが、さっきまで目の前にいたあの山岸さんで、彼《かれ》は自分が復活《ふっかつ》する方法を求めて、怖《こわ》い話のあるところをさまよっているんじゃ……。

ぼくはふーっと大きく息を吐《は》いて、左右に大きく頭を振《ふ》った。山岸さんの正体はたしかに気になるけど、とりあえず、いまのぼくに必要なのは呪いを解くヒントなのだ。

ぼくがカバンから『闇の本』を取り出したとき、

「強志《つよし》」

入り口の方から、聞きなれた声がした。振《ふ》り返ると、信《しん》ちゃんが物珍《ものめずら》しそうに本棚《ほんだな》を見上げながら部屋に入ってきた。

「ここが噂《うわさ》の部屋か……。たしかに、怪《あや》しげな本がいっぱい並《なら》んでるな」

「どうしてここに……」

ぼくがおどろいていると、信《しん》ちゃんはにやっと笑って、

「鍵《かぎ》がなくなってたから、もしかしたらと思って来てみたんやけど、正解《せいかい》やったな」

そういうと、急に厳《きび》しい表情《ひょうじょう》になって、ぼくの顔をのぞきこんだ。

「さあ、正直に話してもらうぞ。昨日、この屋敷《やしき》に来てから様子がおかしいけど、いったいなにがあったんや」

「……実は」

ぼくは心を決めて、信ちゃんにいままでのことを、すべて正直に話した。

信じてもらえるかどうか分からなかったけど、信ちゃんはぼくの話を一言も口をはさまずに聞き終えると、

「で、それが『闇《やみ》の本』か？」

そういって、ぼくの手元に手を伸《の》ばそうとした。ぼくはとっさに本を背中《せなか》に隠《かく》して飛び

のいた。

「ちょっと見るだけやって」

そういって近づこうとする信《しん》ちゃんに、

「だめだよ」

ぼくは後ずさりながら、ぶんぶんと首を振《ふ》った。

「読んだら、信ちゃんも呪《のろ》われちゃうよ」

ぼくたちはしばらくにらみあっていたけど、やがて、信ちゃんが諦《あきら》めたように息を吐《は》き出した。

「分かった。その代わり、どんな話がのってたか、教えてくれるか?」

それなら、本を読んだわけでも手に入れたわけでもないから大丈夫《だいじょうぶ》だろう——そう判断《はんだん》したぼくは、いままで読んだ話の内容《ないよう》を、覚えてる限り話した。信ちゃんは黙《だま》って聞いていたけど、ぼくが話し終わると「うーん」とうなって腕《うで》を組んで、

「どこに呪いを解《と》くヒントがあるんだろう……」

首をひねりながら、そうつぶやいた。

「ねえ……」

ぼくはちょっと不思議に思って、信《しん》ちゃんの顔を見つめた。

「ぼくの話、信じてくれるの？」

ぼくは実際《じっさい》に怖《こわ》い目にあってるから信じるしかないんだけど、そうじゃなかったら、本が呪《のろ》うなんて話、とても信じられないだろう。

「お前は、そんなつくり話をするようなやつとちがうからな」

信ちゃんは少し照れたように笑って頭をかくと、すぐに真顔になって、

「それに、実はさっき、大学の先輩《せんぱい》に会って話を聞いてきたんやけど……どうやら、山岸《やまぎし》教授《きょうじゅ》のコレクションは本物らしいんや」

深刻《しんこく》な声で話を続けた。

その先輩によると、山岸教授は呪いや祟《たた》りの研究分野ではかなり有名な人らしく、特にいわくつきの本の収集では、世界的なコレクターなのだそうだ。

その先輩は、失踪《しっそう》当時、教授の研究室に在籍《ざいせき》していたらしく、姿《すがた》を消す数日前に、教授がめずらしく興奮《こうふん》した様子で、「ついに本物の呪われた本を見つけたぞ」といっていたの

を目撃《もくげき》している。

「しかも、姿《すがた》を消す直前には、暗い顔で謎《なぞ》の言葉をつぶやいていたらしいんや」

「謎の言葉？」

「うん。その先輩《せんぱい》が教授《きょうじゅ》の部屋の前を通りかかったとき、部屋の中から『そうか！　ブックケースだったのか！』っていう叫《さけ》び声が聞こえてきたらしい」

ぼくは目を見開いた。その言い方からすると、もしかしたら教授は呪《のろ》いを解《と》く方法を見つけていたのかもしれない。

「ブックケース？　本の箱ってこと？」

「直訳《ちょくやく》したらそうなんやけど、それが箱入りの本のことなんか、それとも本棚《ほんだな》のことを意味してるんか……その本って、本棚のどのあたりに入ってたんや」

「あ、えっと……このへんに落ちてたんだけど……」

ぼくと信ちゃんは、本が落ちていたあたりを中心に、本棚や箱入りの本を調べた。だけど、ヒントになりそうなものはなにも見つからなかった。

そのうちに、部屋も暗くなってきたので、

「しゃあないな。明日、明るくなってから、また調べに来よか」

信《しん》ちゃんの言葉に、ぼくたちは山岸邸《やまざきてい》をあとにした。


家までの道のりを並《なら》んで歩きながら、ぼくと信ちゃんは、この本のことを香代《かよ》ちゃんに打ち明けるかどうかについて話し合った。

ぼくとしては、香代ちゃんまで巻《ま》き込《こ》みたくないからあまりいいたくなかったんだけど、珠代《たまよ》さんの写真の件《けん》を見ていると、ぼくだけじゃなく、まわりの人にもすでに影響《えいきょう》が出始めているような気もする。それなら、知らないよりも知っておいた方がいいのかもしれないし……。

結局、結論《けつろん》が出ないまま家についてしまったので、とりあえず内緒《ないしょ》にしておくことにして、ぼくたちは家に入った。

家ではちょうど夕飯の支度《したく》をしているところだった。香代ちゃんも帰ってたんだけど、なんだか落ち込んだ様子で元気がない。

夕飯を食べ終わったところで、父さんから電話がかかってきた。お母さんも赤ちゃんも順調で、年明けには予定通り、家に戻《もど》れるだろうということだった。

ぼくは一瞬《いっしゅん》、こっちで起こってることを父さんに話そうかと思ったけど、迷《まよ》った末、やめておくことにした。あまり心配をかけたくなかったし、なにより、どう説明したらいいのか分からなかったのだ。

結局「元気にやってるよ」とだけいって、ぼくが電話を切ると、

「強志《つよし》ちゃん」

いつの間にか後ろに立っていた香代《かよ》ちゃんが、声をかけてきた。

「珠代《たまよ》、事故にあってた」

固い表情《ひょうじょう》の香代ちゃんに、ぼくは「え?」と聞き返した。

「珠代さんって、あの写真の?」

香代ちゃんはうなずいた。今朝、自転車に乗っているところを、後ろから車に追突《ついとつ》されたらしい。さいわい、軽傷《けいしょう》ですんだのだそうだ。

「急なことで、連絡《れんらく》できなかったって。それで、わたしたちが珠代の家にお見舞《みま》いにいっ

たら——」

珠代《たまよ》さんは首に白い包帯を巻《ま》いていたのだと、香代《かよ》ちゃんはいった。

「それって……」

ぼくは唾《つば》をゴクリと飲み込《こ》んだ。香代ちゃんは険《けわ》しい表情《ひょうじょう》でうなずいて、

「うん。追突《ついとつ》の衝撃《しょうげき》で、首を痛《いた》めたらしいわ。とりあえず、あの写真とアプリは削除《さくじょ》させたけど……」

これもあの本の影響《えいきょう》なのだろうか……。

ぼくが黙《だま》りこんでいると、香代ちゃんも珠代さんのことが気になるらしく、そのまま無言で自分の部屋へと戻《もど》っていった。

ぼくも自分の部屋に戻ると、カバンから本を取り出した。そして、続きを読もうとして、

「あれ?」と首をかしげた。

昨日から、けっこう読んできたつもりだったんだけど、あらためてページの厚《あつ》みを確《たし》かめると、まだ半分も進んでいなかった。

(ちょっとペースを速めないと……)

だからといって、ヒントを読み落とすわけにはいかないので、流し読みはできない。

ぼくは机《つくえ》の前に座《すわ》ると、頬《ほお》を叩《たた》いて気合を入れてから、続きを読みはじめた。

第十話　勇者

「つよしー、ご飯よー」

一階から母さんの声が聞こえてきて、つよしは舌打《したう》ちをした。

（いま、いいとこなのに……）

だけど、あんまりぐずぐずしていると、ゲームをしてるのがばれてしまう。つよしは仕方なく途中《とちゅう》でセーブしてスイッチを切ると、「はーい」と返事をして階段《かいだん》を降《お》りた。

「またゲームしてたんじゃないでしょうね」

ご飯をよそいながら、母さんがじろっとにらむ。

「してないよ」

つよしは目をそらしながら答えた。この春、中学生になったお祝いに自分用のテレビを買ってもらったのだけれど、そのときの条件《じょうけん》が、ゲームは一日一時間以内というものだったのだ。

もしそれを破《やぶ》れば、ゲームもテレビも取り上げられてしまう。

だけど、たった一時間じゃ全然物足りない。つよしは家族が寝静《ねしず》まってからも、夜中にこっそりとゲームをやり続けていた。

いまはまっているのは、気弱でなんのとりえもなかった男の子が、ある日突然《とつぜん》、神社のお社《やしろ》を通って異世界《いせかい》に行き、伝説の勇者として活躍《かつやく》するというロールプレイングゲームだ。

毎日何時間もプレイしているおかげで、ゲームの中の〈つよし〉は、伝説の勇者として尊敬《そんけい》を集めていた。

「これが現実《げんじつ》だったらいいのになあ……」

真っ暗な部屋の中、コントローラーを握《にぎ》り締《し》めて、テレビ画面に顔を照らされながらつよしはつぶやいた。

現実世界《げんじつせかい》のつよしはといえば、勉強はできないし運動も苦手。これといった特技《とくぎ》もないし、ゲームは好きだけど、特別上手いというわけでもない。

そんな自分でも、ゲームの中でだけは勇者になれるのだ。次々《つぎつぎ》とモンスターを倒《たお》して、村人たちには感謝《かんしゃ》され、このまま続けていけば、王女と結婚《けっこん》できるかもしれない。

つよしは現実のことを考えるのはやめて、ゲームに没頭《ぼっとう》していった。


次の日、ゲームのやりすぎで寝不足《ねぶそく》だったつよしは、学校帰りのバスで寝てしまい、バス停をひとつ乗り過ごした。

仕方なく、バスで五分くらいの道のりを歩いて帰っていると、途中《とちゅう》でどことなく見覚えのある風景を見つけて、つよしは足を止めた。

普通《ふつう》の家と家の間に、一本の細い横道が通っている。そして、その路地の奥《おく》には、なんだか得体のしれない深い闇《やみ》が、ずっと遠くまで続いていた。

「これって……」

つよしは誘《さそ》われるように、ふらふらと路地に入った。そして、そのまましばらく歩いていくと、古ぼけた鳥居《とりい》に突《つ》き当たった。

そこにあったのは、小さな神社だった。ひび割《わ》れた石段《いしだん》に、境内《けいだい》の奥《おく》に広がる真っ暗な鎮守《ちんじゅ》の森。夕闇のおとずれた境内に人影《ひとかげ》はない。

砂利《じゃり》を踏《ふ》みしめながら奥に進むと、木の柵《さく》に囲まれた小さなお社《やしろ》が、石の土台の上にたっていた。それを見て、つよしはハッとした。ゲームの中で重要な場所として出てくる、異世界《いせかい》との通路になっているお社にそっくりだったのだ。

そういえば、あのゲームはどこかにモデルになった町や神社があると聞いたことがある。もしかしたら、ここがそうなのかもしれない。ゲームの製作者《せいさくしゃ》が、たまたまこの町の出身か何かで……そんなことを考えながら、短い石段をのぼって、つよしは賽銭箱《さいせんばこ》の前に立った。

ゲームでは、主人公の夢《ゆめ》に出てきた王女が、勇者のあかしであるペンダントを授《さず》け、主人公がそれを手にお社《やしろ》の前に立つと、扉《とびら》が開いて異世界《いせかい》へと旅立つことになっている。

つよしは思い切って、格子戸《こうしど》の中をのぞきこんだ。だけど、中は真っ暗で何も見えない。だんだん自分のしていることがばかばかしくなってきて、つよしがお社の前を離《はな》れようとしたとき、格子戸の向こうに何か光のようなものが見えた気がした。だけど、一瞬《いっしゅん》後には、お社の中はまた元の暗闇《くらやみ》に戻《もど》っていた。

顔を上げると、あたりはもうずいぶん暗くなってきている。

つよしはとりあえず帰ることにして、お社に背《せ》を向けた。

その日の夜のこと。

夢の中に白いドレスを身にまとった、美しい女の子が現《あらわ》れた。

女の子は、自分はある国の王女だというと、金色に輝《かがや》くペンダントをつよしに差し出し

た。そして、

「あのゲームは、わたしたちの国を救ってくれる、本当の勇者を探《さが》し出すためのものだったのです。あなたは選ばれました。お願いです。わたしと一緒《いっしょ》に来て、あの恐《おそ》ろしいドラゴンからわたしたちの国を救ってください」

といって、つよしの手にペンダントを握《にぎ》らせた。

「これをもって、満月の夜、午前零《れい》時にあの場所に来てください。あの場所がどこかは、お分かりですよね？」

王女は微笑《ほほえ》んだ。思わずみとれてしまうような、可憐《かれん》な笑顔だった。

「は、はい」

うわずった声で返事をするのと同時に、つよしは目を覚ました。

なんだ、夢《ゆめ》か。でも、いい夢だったな――そんなことを考えながら、体を起こしたつよしは、手の中に固い感触《かんしょく》を感じて、ギョッと動きを止めた。

手に握《にぎ》り締《し》めていたのは、見覚えのある金色のペンダントだったのだ。

つよしはベッドから降《お》りると、窓《まど》を開けて夜空を見上げた。空のてっぺんには満月が輝《かがや》いている。時計を見ると、零《れい》時まであと三十分だ。

つよしは素早《すばや》く着替《きが》えて、ペンダントを手に家を抜《ぬ》け出した。

真夜中の神社は、誰《だれ》もいなかった。昼間でも人気がないのだから、こんな時間に人がいるはずがない。

満月に照らされた境内《けいだい》を歩き、石段《いしだん》をのぼって、つよしはお社《やしろ》の前に立った。

大きく深呼吸《しんこきゅう》をしながらペンダントを差し出す。

すると、お社の奥《おく》から金色の光がひろがって、格子戸《こうしど》がゆっくりと開き、つよしの視界《しかい》はまっ白になって――

――気がつくと、夢《ゆめ》の中の王女が目の前に立っていた。

太陽が頭上に輝《かがや》いている。つよしは自分がいまいるところをたしかめた。

そこは神社の境内ではなく、石畳《いしだたみ》の敷《し》き詰《つ》められた円形の広場で、時間も真夜中ではなく昼間だった。そして、歴史の教科書に出てくるような石造《いしづく》りの建物や、遠くに見える山々《やまやま》は、ここが見慣《みな》れたゲームの世界であることをつよしに教えてくれた。

広場のまわりには、白い布のような服を着た人たちが大勢《おおぜい》集まって、期待に満ちた目をつよしに向けている。

「ありがとう。来てくれたのね」

王女がにっこり笑って、つよしの手を握った。つよしが照れながらうなずくと、二人を取り囲む人たちから、一斉《いっせい》に地鳴りのような歓声《かんせい》が起こった。

「すばらしい！」

「これで助かったぞ！」

「彼《かれ》こそ救世主だ！」

拍手《はくしゅ》と歓声の中、つよしは王女に手をひかれて馬車に乗り込《こ》むと、みんなに送り出されて広場をあとにした。

馬車は荒野《こうや》の一本道をしばらく走り続けると、やがて荒涼《こうりょう》とした岩山の前でとまった。

山の向こうから、ゴォォォー、と怪獣《かいじゅう》が吠《ほ》えるような音と、何かがこげるようなにおいがただよってくる。

つよしがさすがにおじけづいていると、王女は美しく輝《かがや》く銀色の剣《けん》をつよしに差し出した。そして、ためらいながらも剣を受け取ったつよしを、ぎゅっと抱《だ》きしめた。

その感触《かんしょく》に、つよしがボーっとしていると、

「本当にありがとう」

王女はつよしの耳元でささやいた。

「言い伝えでは、異世界《いせかい》からやって来た、銀の剣を手にした勇者を生け贄《にえ》として差し出すことで、この国は救われるのです」

「え?」

つよしが言われたことの意味を理解《りかい》しようとしている間に、王女は素早《すばや》く身をひるがえして馬車に飛び乗ると、そのまま全速力で走り去っていった。

ズドン、と激《はげ》しく地面が揺《ゆ》れて、つよしの体が宙《ちゅう》に浮《う》く。

振《ふ》り返ると、ちょっとしたビルぐらいありそうなドラゴンが、凶暴《きょうぼう》な目つきでつよしを

見下ろしていた。

つよしは反射的《はんしゃてき》に剣《けん》を構《かま》えた。だけど、ドラゴンは首を伸《の》ばすと、その鋭《するど》い牙《きば》で、銀の剣をバリバリとかみくだいた。

金のペンダントを手に、呆然《ぼうぜん》と立ちすくむつよしを前に、ドラゴンは大きく雄《お》たけびを上げると、一口でつよしを飲み込《こ》んでしまった。

了

最後まで読み終わって、ぼくは顔をしかめた。物語の中とはいえ、同じ名前の登場人物がひどい目に合うのは、あまりいい気分じゃない。

それに、話に出てきたあの神社――

あれは間違《まちが》いなく、神隠《かみかく》し神社だ。

なんだか、現実《げんじつ》との関係がどんどん濃《こ》くなってきている気がする。

気持ちをあらたに引き締《し》めながら、ぼくはページをめくった。

第十一話　仏壇《ぶつだん》

三学期に入ったばかりの、ある日のことでした。

ぼくが学校から帰ると、マンションの前に引っ越《こ》し屋のトラックが停まっていました。

誰《だれ》か引っ越してくるんだろうと思いながら、エレベーターで八階まであがると、一番奥《おく》の部屋の前まで、青いシートが廊下《ろうか》にしいてあります。ぼくの部屋は奥から二番目なので、どうやら引っ越しはお隣《とな》りのようです。

どんな人が引っ越してくるのかな、と思いながら、ポケットから鍵《かぎ》を取り出そうとしたぼくは、廊下《ろうか》の端《はし》に何かが落ちていることに気づきました。

それは、小学五年生の国語の教科書でした。

運んでる途中《とちゅう》に落としたのかな——ぼくが教科書を拾って、隣《となり》の部屋をのぞきこむと、玄関《げんかん》に立っていた女の人が、こちらを振《ふ》り返って不思議そうにぼくを見ました。

「これ、落ちてました」

ぼくが教科書を差し出すと、

「あら、ありがとう。もしかして、お隣の方かしら？」

女の人は、笑顔で教科書を受け取りながらいいました。

「はい。あの……ぼくも五年生なんです」

「あら、そうなの……」

女の人は、ちょっと驚《おどろ》いたように目を見開くと、ぼくの顔をまじまじと見つめて、目じりをさげました。

「だったら、うちのミツルと一緒《いっしょ》なのね」

そのとき、廊下《ろうか》から「すいませーん」という声が聞こえてきたので振り返ると、青い作業着姿《すがた》の男の人が、二人がかりで勉強机《づくえ》を運び込《こ》もうとしているところでした。

「あ、ごめんなさい」

ぼくが慌《あわ》てて場所をゆずると、

「またあらためてご挨拶《あいさつ》にうかがうわね」

女の人はそういって、部屋の中へと戻《もど》っていきました。


その日の夜。ぼくがお風呂《ふろ》に入っていると、玄関《げんかん》からチャイムの音が聞こえてきました。

母さんのパタパタという足音に続いて、ドアの開く音がします。

「はーい」

どうやら、お隣《となり》の家族が挨拶に来たみたいです。

ミツルくんも来てるのかな、と思って耳をすませてみたけど、ぼそぼそとしてよく聞こえません。

お風呂からあがったぼくが、

「ミツルくんも来てた？」

と母さんに聞くと、

「ミツルくん？」

母さんはきょとんとして首をかしげました。

「うん、五年生の男の子。いまの、お隣《となり》の人だったんでしょ？」

ぼくは母さんに、夕方の出来事を話しました。すると、

「そういえば、表札には三人分の名前が書いてあったな」

さっき帰ってきたばかりの父さんが、ビールを飲みながらいいました。

「もう寝《ね》てるんじゃないか？　引っ越《こ》しで、子どもも疲《つか》れてるだろうし」

「そうね。同じクラスになれるといいわね」

母さんの言葉に、ぼくは「うん」とうなずきました。

「それじゃあ、お母さん仕事に行ってくるから、静かに寝てるのよ」

そういい残して部屋を出ていく母さんに手を振《ふ》ると、ぼくは鼻のところまで布団《ふとん》を引き上げました。

熱を出して学校を休むのは、今月に入ってこれでもう二回目です。

小さいころから体が弱く、すぐに熱が出るぼくは、しょっちゅう学校を休むので、仲の良い友だちもなかなか出来ません。

だから、隣《となり》に同じ五年生が引っ越《こ》してくると聞いて、楽しみにしていたのですが……。

あれから一週間。うちのクラスにも、ほかのクラスにも、転校生は来ませんでした。

もしかしたら、ミツルくんはどこか私立の小学校に通っているのかもしれません。

母さんがつくっておいてくれたお昼ご飯を食べて、少し気分のよくなったぼくは、上着をしっかりと着込《きこ》んでベランダに出ました。

冷たい風に頬《ほお》をなでられながら、ぼくが薄《うす》い水色をした空を見上げていると、

「こんにちは」

すぐ近くで、子どもの声がしました。びっくりして顔を向けると、隣の部屋のベランダ

に、水色のセーターを着た同い年ぐらいの男の子が立っています。

「もしかして、ミツルくん？」

ぼくが呼《よ》びかけると、男の子――ミツルくんは、パッと顔を明るくしてうなずきました。

「今日はお休みなの？」

「うん。ちょっと体調が悪くて……ミツルくんは？」

「ぼくも、学校にはいってないんだ」

ミツルくんは寂《さび》しげに笑うと、ベランダの手すりから身を乗り出すようにしていいました。

「ねえ、よかったら、そっちの部屋に遊びにいってもいいかな？」

ミツルくんの言葉に、ぼくは勢《いきお》いよくうなずきました。

それからぼくたちは、一緒《いっしょ》に漫画《まんが》を読んだりゲームをしたりして、気がつくと外はすっかり暗くなっていました。

「あ、そろそろ母さんが帰ってくる時間だ」

時計を見て、ぼくがそういうと、ミツルくんは真剣《しんけん》な顔で、「ぼくが遊びに来たこと、おうちの人には内緒《ないしょ》にしてくれないかな？」といいました。

「いいけど……どうして？」

ぼくが聞き返すと、

「うん、ちょっとね」

ミツルくんは曖昧《あいまい》に答えて、はにかむように笑いました。

それ以来、ミツルくんはぼくが学校を休んでるときや、学校から帰って母さんの帰りを待ってるときなんかに遊びに来るようになりました。

ミツルくんのお父さんとお母さんも、けっこう遅《おそ》くまで働いてるみたいで、ぼくも何度かミツルくんの家に遊びにいったのですが、ミツルくんの部屋に初めて入ったときは、あまりのきれいさにびっくりしました。勉強机《づくえ》の脇《わき》にはランドセルがかけてあって、本棚《ほんだな》には教科書や図鑑《ずかん》がびしっと並《なら》んでいます。床《ゆか》にはごみひとつ落ちてないし、壁《かべ》には染《し》みひとつありません。

なんだかきれい過ぎて、怖《こわ》いくらいです。

どうやら、ミツルくんはほとんど学校にいってないみたいでしたが、何か事情《じじょう》があるのだろうと思い、ぼくは何も聞きませんでした。

三月に入った、ある日のこと。いつものようにミツルくんの部屋で遊んでいたぼくは、何の気なしにふとつぶやきました。

「もうすぐ六年生だね」

すると、ミツルくんはスッと表情《ひょうじょう》を曇《くも》らせました。

「……どうしたの?」

ぼくが心配になって声をかけると、ミツルくんは顔を上げて、ぼくの目をじっと見つめていいました。

「ぼくたち、友だちだよね」

「うん」ぼくはすぐにうなずきました。

「もちろんだよ」

「だったら、一緒《いっしょ》に来て」

ミツルくんはそういうと、突然《とつぜん》ぼくの手をつかんで部屋を出ました。そして、いままで一度も入ったことのない奥《おく》の部屋に、ぼくを連れて行ったのです。

そこは四畳《じょう》半の和室で、タンスと仏壇《ぶつだん》があるだけのがらんとした部屋でした。

ミツルくんは仏壇の前に正座《せいざ》すると、手をのばして、観音開《かんのんびら》きの扉《とびら》を開きました。すると、そこには——

「え?」

ぼくは思わずミツルくんの顔を見つめました。

「どういうこと?」

仏壇の真ん中には、寂《さび》しげに笑っているミツルくんの写真が飾《かざ》ってあったのです。

ミツルくんは、ぼくに顔を近づけると、写真と同じ顔で微笑《ほほえ》んでいいました。

「一緒《いっしょ》に来てくれるよね？」

次の瞬間《しゅんかん》、ミツルくんはぼくの手をしっかりとつかんだまま、仏壇《ぶつだん》の中へと吸《す》い込《こ》まれていきました。

ミツルくんの姿《すがた》は、顔と手だけを残して仏壇の中に消え、ぼくの体も半分以上が扉《とびら》の内側に入り込《こ》んでいます。

ぼくが仏壇の扉の前で、腰《こし》を落として必死で踏《ふ》ん張《ば》っていると、いつの間にか部屋の入り口にミツルくんのお母さんが立っていました。

「おばさん、助けて」

ぼくは入り口に向かって叫《さけ》びました。だけど、ミツルくんのお母さんはぼくのことを無《む》表情《ひょうじょう》に見つめるだけで、手を伸《の》ばそうともしません。

だんだん腕《うで》もしびれてきて、ぼくがもうだめだ、と思ったとき、ミツルくんのお父さんが部屋に飛び込んできて、ぼくの腰をつかむと、そのまま後ろに思い切りひっぱりました。

畳《たたみ》の上に転がったぼくが、倒れたまま肩《かた》で息をしていると、

「やっぱり、こういうのは良くないよ。いくらミツルが寂《さび》しがってるからって……」

「そうね……」

頭の上から、そんな会話が聞こえてきました。

ぼくがフラフラと立ち上がると、ミツルくんのお母さんが、ぼくに顔をグッと近づけて、無表情《むひょうじょう》のまま低い声でいいました。

「このことは、だれにもいわないでね」

ぼくは何度もうなずくと、逃《に》げるように部屋を出て行きました。


一週間後、ミツルくんの家族は引っ越《こ》していきました。

お母さんによると、お隣《となり》の夫婦《ふうふ》は何年も前に、小学五年生のミツルくんという男の子を事故《じこ》で亡《な》くしたのですが、ミツルくんのことがどうしても忘《わす》れられず、表札はもちろん、勉強机《づくえ》も教科書もそのままにしていたのだそうです。

ぼくは六年生になって、体も少し強くなりました。だけど、いまでもベランダに立つと、あのきれい過ぎる部屋と、ミツルくんのことを思い出すのです。

了

「つよしちゃん」

突然《とつぜん》名前を呼《よ》ばれて、ぼくは反射的《はんしゃてき》に振《ふ》り返った。隣《となり》の部屋との間を仕切っているふすまがわずかに開いて、細く白い手がおいでおいでをしている。

香代《かよ》ちゃんかな、と思って腰《こし》を上げたぼくは、ふすまを開いて、その場に凍《こお》りついた。

そこはお客さんが来たときに泊《と》まるための部屋で、家具もタンスや机《つくえ》など、最低限しか置いてない。

それなのに、部屋の真ん中に真新しい仏壇《ぶつだん》が置いてあったのだ。

おばあちゃんの仏壇が置いてある仏間は母屋にある。

だったら、これはいったい誰《だれ》の仏壇《ぶつだん》なのだろうか……。

嫌《いや》な予感を感じながらも、ぼくが吸《す》い寄《よ》せられるように仏壇に近づくと、

バタンッ！


大きな音を立てて、観音開《かんのんびら》きの扉《とびら》が開いた。その中央にたてかけられた写真を見て、ぼくは心臓《しんぞう》が止まるかと思った。

仏壇の真ん中にあるのは、黒い枠《わく》に縁取《ふちど》られたぼくの写真だったのだ。

震《ふる》える手で扉を閉めようとしたぼくは、突然《とつぜん》仏壇の中からのびてきた細くて白い手に、がしっと手首をつかまれた。

とっさに振《ふ》りほどこうとしたけど、白い手は信じられないような力で手首をしっかりとつかんで、ぼくを仏壇の中に引っ張《ぱ》り込《こ》もうとする。

なんとか踏《ふ》ん張《ば》ろうとしたけど、この小さな仏壇のどこにそんなスペースがあるのか、気がついたときには、ぼくの体は半分以上、扉の内側に入りこんでいた。

「助けてっ！」

ぼくが大声をあげながら抵抗《ていこう》していると、

「強志《つよし》ちゃん！」

香代《かよ》ちゃんが部屋に飛び込《こ》んできて、ぼくの腕《うで》をつかんだ。

そのまま体重をかけてひっぱろうとするけど、手首をつかんでいる白い手もまったくゆるまないので、腕が千切れそうだ。

あまりの痛《いた》さに、ぼくが声も出せずにいると、信《しん》ちゃんが部屋に現れた。

信ちゃんは、ぼくの腰《こし》に手をまわすと、そのまま抱《かか》えるようにして、仏壇《ぶつだん》とは反対方向に一気にひっぱった。

「うわぁっ！」

その勢《いきお》いで、ぼくたち三人はもつれるように畳《たたみ》の上に転がった。

「あいたたた……」

腕《うで》をおさえながら顔をあげたぼくは、呆然《ぼうぜん》として言葉を失った。

さっきまであったはずの仏壇《ぶつだん》が、どこにも見当たらなかったのだ。

「大丈夫《だいじょうぶ》？」

香代《かよ》ちゃんが顔をしかめながら立ち上がる。

「うん、ありがとう。……でも、香代ちゃん、どうしてここに？」

「やっぱり、強志《つよし》ちゃんの様子が気になって、話をしようと思って部屋の前まで来たら、悲鳴が聞こえてきたから……ねえ、いまの、なんだったの？」

「えっと……」

ぼくはどうやって説明しようかと考えながら、自分の部屋に戻《もど》った。

部屋の真ん中には『闇《やみ》の本』が、まるでぼくたちを待っていたみたいに落ちていた。

「その本はなに？」

香代ちゃんは『闇の本』を見ながらいった。ぼくが答えをためらっていると、

「もしかして、昨日から強志《つよし》ちゃんの様子がおかしいことと、なにか関係ある？」

香代《かよ》ちゃんは重ねてそう聞いてきた。

「そういえば、信《しん》ちゃんもなにか用だったの？」

ぼくがたずねると、信ちゃんは、

「ああ……やっぱり、香代子《かよこ》にも話しておいた方がいいんやないかと思って、相談しにきたんや」

といった。

ぼくは覚悟《かくご》を決めて、畳《たたみ》に腰《こし》をおろした。そして、いままでの出来事をはじめから香代ちゃんに説明した。

話を聞き終えた香代ちゃんは、しばらくじっと考え込《こ》んでいたけど、やがて、

「それって、元はといえば、わたしのせいかも……」

泣きそうな顔で、突然《とつぜん》そんなことを言い出した。

「え？　どうして？」

ぼくがびっくりして聞き返すと、

「だって、わたしがあんな絵本を見せへんかったら、強志《つよし》ちゃんが幽霊屋敷《ゆうれいやしき》にいくこともなかったわけやんか」

予想外の言葉に、ぼくがなんて返事をしようかと迷《まよ》っていると、

「それやったら、おれにも責任《せきにん》あるで」

信《しん》ちゃんまでおかしなことを言い出した。

「もともと、五年前も今回も、強志をあの幽霊屋敷につれていったんは、おれやからな。あれがなかったから、あの隠《かく》し部屋にいくこともなかったわけやし……」

「ちょ、ちょっと待ってよ、二人とも」

ぼくは慌《あわ》てて二人の間に入った。

「香代《かよ》ちゃんのせいでも、信ちゃんのせいでもないって。ぼくが……」

ぼくが本を手にとったことから、すべてがはじまったんだ——そういおうとしたんだけど、言葉にならなかった。突然《とつぜん》おそってきた強いめまいに、頭がクラッとして、ぼくは思わず畳《たたみ》に手をついた。

「強志ちゃん、大丈夫《だいじょうぶ》？」

香代《かよ》ちゃんがぼくの背中《せなか》に手を当てながら心配そうにいった。

「ひどい顔色やで」

「今日はもう、寝《ね》た方がいいな」

信《しん》ちゃんもぼくの肩《かた》をたたいてそういった。

「体力がかなり消耗《しょうもう》してるみたいや。おれと香代子《かよこ》も協力するから、ゆっくり休んで、続きは明日にしよ」

信ちゃんの言葉に、ぼくは素直《すなお》にうなずいた。


大晦日《おおみそか》の朝、ぼくが目を覚ますと、もうお昼前だった。

一晩《ひとばん》ゆっくり寝たはずなのに、体も頭も昨日より重いし、なんだか起き上がるのもだるいくらいだ。

「一年の疲《つか》れがでたのかもね」

ぼくの様子を見たおばさんは、少し心配そうにしながら、朝食の準備《じゅんび》をしてくれた。

信《しん》ちゃんは、朝から調べ物をするといって、どこかにでかけたらしい。

朝食を食べ終わると、香代《かよ》ちゃんがなぜか昔の絵日記を手に、ぼくの部屋にやってきた。

「昨日の話を聞いて、ちょっと気づいたことがあるねん」

絵日記のページをめくりながら、香代ちゃんはいった。

「五年前、なんであのお屋敷《やしき》に肝試《きもだめ》しにいくことになったか、覚えてる？」

「え……」

ぼくは思い出そうとしたけど、小学校に入る前のことなので、さすがに思い出せなかった。ぼくがそういうと、香代ちゃんは、

「わたしもはっきりとは覚えてなかったんやけど、今朝兄ちゃんに聞いてみたら『ずっと無人やったはずの幽霊《ゆうれい》屋敷に、最近人の気配がするから見にいってみよう』っていう理由やったらしい」

「それって……」

ぼくのつぶやきに、香代ちゃんはうなずいた。

「うん。たぶん、ちょうどその頃《ころ》、山岸教授《やまぎしきょうじゅ》があの家に引っ越《こ》してきたんやと思う。そや

けど、わたしたちが肝試《きもだめ》しにいったときには、もうおらんかった。あのころは、あそこがうちの土地って知らんかったわけやし、いくら子どもでもさすがに人が住んでる家に、勝手に入るとは考えにくい。そうなると――」

香代《かよ》ちゃんは絵日記をめくって、ぼくの方に向けた。日付は八月十日になっている。ページの上半分を使って、ぼくと香代ちゃんと信《しん》ちゃんらしき三人組が、三角屋根の家の前で並んでいるところがクレヨンで描かれていた。

「わたしたちが肝試しにいったのが、八月十日。当時の契約書《けいやくしょ》を信ちゃんに調べてもらったら、山岸教授《やまぎしきょうじゅ》があの家を借りたのが八月一日。そして、兄ちゃんの先輩《せんぱい》によると、教授が研究室で『ついに本物の呪《のろ》われた本を手にいれたぞ』っていってたのが、七月の終わりごろなんやって」

「えっと……」

出来事の流れは分かったけど、それがどういう意味なのか、まだよく分からない。ぼくが首をひねっていると、

「つまり、こういうことになるねん」

香代《かよ》ちゃんはかんでふくめるように、ゆっくりと話し出した。

「まず、呪《のろ》われた本を見つけた教授《きょうじゅ》が、八月頭にあの家に引っ越《こ》してくる。それからしばらくは実際《じっさい》に住んでたけど、八月十日には姿《すがた》を消していた。要するに、あの家に住んでた教授がたまたまあの本を見つけたわけやなくて、先に本を見つけてから、わざわざあの家に引っ越してきたっていうことになるんや」

そこまで聞いて、ぼくはハッと顔をあげた。

「それって、あの家に呪《のろ》いを解《と》くためのなにかがあるっていうこと？」

「そこまでは分からへんけど……」

香代ちゃんは慎重《しんちょう》な言いまわしで続けた。

「たぶん、本を手に入れたんと、あの家に引っ越してきたんが、ほぼ同時くらいやったんとちがうかな。教授はほかの人よりも、あの本のことに詳《くわ》しかったんやから、ある程度《ていど》、呪いを解く自信があって、この町に引っ越して来たんやと思う」

ぼくは腕《うで》を組んで考えた。つまり、偶然《ぐうぜん》ではなく、教授は本を手に入れてから、または本が手に入ることが分かってから、あえてこの町に引っ越してきたということだ。

ぼくたちが絵日記を前に考えこんでいると、おばさんが香代《かよ》ちゃんを呼《よ》ぶ声が聞こえてきた。

「今日は、強志《つよし》ちゃんは調子悪くて寝《ね》てるってゆっとくから。調べたりするのはわたしと兄ちゃんにまかせて、強志ちゃんはとにかくその本を読んでみて」

香代ちゃんがそういい残して部屋を出て行くと、ぼくは机に向かって本を開いた。

第十二話　万引き

「あれ？」

大学生になって、初めての年末。久しぶりに地元に帰ってきたおれは、駅前の商店街を歩いていて、一軒《けん》のシャッターの閉まった店の前で足を止めた。

シャッターには、かすれた文字で「竹下書店《たけしたしょてん》」と書いてある。そして、シャッターの真ん中には、「都合により閉店いたしました」とだけ書かれた貼《は》り紙が、いまにも北風にとばされそうにはためいていた。

（この本屋、潰《つぶ》れたのか……）

おれはコートのポケットに両手を突《つ》っ込《こ》んだまま、しばらく店の前に佇《たたず》んだ。

今年の春、大学に入って地元を離《はな》れることになったおれは、卒業式の直前に、何人かの同級生たちと一緒《いっしょ》になって「卒業記念だ」などといいながら、この本屋から漫画本《まんがぼん》を万引きしたのだ。

まあ、まさかあれくらいで店が潰れたりはしないだろうけど……。

ちょっと悪いことをしたかな、と思いながらふたたび歩き出したところに、

「――くん」

後ろから名前を呼《よ》ばれて、おれは立ち止まった。振《ふ》り返ると、同級生の真奈美《まなみ》が立っていた。

「よう、久《ひさ》しぶり」

おれが手をあげると、真奈美《まなみ》はなぜか険《けわ》しい表情《ひょうじょう》で、

「いつ帰ってきたの?」

と聞いてきた。

「さっき着いたとこだけど……どうしたんだよ、怖《こわ》い顔して」

「知らないの?」

真奈美はなぜか、とがめるような視線《しせん》でおれを見つめると、高校時代の同級生の名前を何人かあげた。

「そいつらがどうかしたのか?」

おれがたずねると、真奈美は少しかすれた声で、

「みんな、行方不明《ゆくえふめい》なの」

といった。

「え?」

おれは驚《おどろ》いて、真奈美《まなみ》に詰《つ》め寄《よ》った。

「どういうことだよ」

いま真奈美があげた名前のほとんどは、おれが高校時代に仲良くしてたやつらで、家に帰ったら早速連絡《れんらく》を取ろうと思っていたのだ。

「わかんないわよ」

真奈美は泣きそうな顔でいった。真奈美の話によると、地元に残ったやつも、おれと同じように遠くの大学に進学したやつもいるけど、みんなここ何日かで突然《とつぜん》いなくなったらしい。それも、なんの前触《まえぶ》れもなく、フッと消えるように……。

「同時にいなくなったら、それはそれで、みんなで旅行に行って事故《じこ》にでもあったのかなって思うんだけど、一人ずつ順番に消えていくみたいなの。事故とか誘拐《ゆうかい》でもなさそうだし、警察《けいさつ》に相談するかどうか、いま、みんなの家族が集まって話し合ってるところなんだけど……ねえ、ほんとになにも聞いてない？」

おれはぶんぶんと首を振《ふ》った。そして、なにか分かったら必ず連絡するといって、真奈美と別れた。

「ただいま」

いったいどういうことなんだろうと思いながら、おれが家に帰ると、

「おかえりー」

妹の茜《あかね》がひとりでソファーに寝転《ねころ》がっていた。茜はまだ中学三年生だ。

「母さんは？」

「買い物だって」

茜はソファーに起き上がって後ろ向きに座《すわ》ると、背《せ》もたれに肘《ひじ》を乗せて話しかけてきた。

「ねえねえ。商店街、通ってきた？」

「通ってきたけど……」

「竹下《たけした》書店、閉まってたでしょ？」

茜《あかね》はささやくような声でいった。

「あそこの店長さん、お店が潰《つぶ》れて自殺したんだって」

「え？　自殺？」

おれは冷蔵庫《れいぞうこ》を開けようとしていた手を止めて振《ふ》り返った。

「うん。なんか、万引きが多くて悩《なや》んでたらしいよ」

茜の言葉に、おれはドキッとしながら、動揺《どうよう》を顔に出さないようにジュースを出してコップに注いだ。

「でも、万引きくらいで店が潰れたりはしないだろ？」

「それがね、クラスの子のお姉ちゃんがあの本屋でバイトしてて、その子がお姉ちゃんから聞いた話なんだけど、本屋さんってだいたい一冊《さつ》売れて、良くて二割《わり》のもうけなんだって。だから、もし十冊万引きされたら、五十冊売れてようやくプラスマイナスゼロ。その日は一冊も売れなかったのと同じことになるの」

「へーえ、そうなんだ」

心臓《しんぞう》の鼓動《こどう》が早くなるのを感じながら、あいづちをうつ。あのときは、調子に乗って十人近くがいっせいに万引きしたはずだ。おれは一冊《さつ》だったけど、中には何冊か万引きしたやつもいたから、あの数日間だけでも、万引きされた冊数はかなりの数になる。

コップを片手《かたて》に、おれがぼんやりと立ち尽《つ》くしていると、茜《あかね》は一方的に話を続けた。

「それで、あそこの店長さん、あんまり万引きが多いから、亡《な》くなる一年ぐらい前からおかしくなっちゃって、店にある全部の本に呪《のろ》いのお札を貼《は》ったんだって」

「呪いのお札?」

おれは眉《まゆ》をひそめて茜を見た。

「なんだよ、それ」

茜の話によると、店長は本の目立たないところに、呪いの言葉を書いた小さなお札を貼っておいて、ちゃんとお金を払《はら》って買った人にだけ、レジでこっそりとそのお札をはがしていたらしい。つまり、そのお札が貼られたままの本があれば、それが万引きされた本というわけだ。

「それで、そのお札って、なにが書いてあるんだ?」

「さあ……でも、なんかめちゃくちゃ細かい文字で、呪《のろ》いの言葉をびっしり書いてたらしいよ。そのお姉ちゃんも、それが怖《こわ》くなってバイトをやめたんだって」

「ふーん」

おれは興味《きょうみ》がないような顔をしてジュースを一気に飲み干《ほ》すと、足早に自分の部屋へと戻《もど》った。

ドアを閉めて、いそいで部屋の中を探《さが》す。

万引きした本は、引き出しの一番奥《おく》から出てきた。

何百円かするだけの、当時の小遣《こづか》いでも十分に買える漫画本《まんがぼん》。たいして興味もないのに、ただ万引きしやすい場所に置いてあったというだけで盗《と》ってきて、一度パラパラと読んだきり、引き出しにしまいこんでいたのだ。

本を調べると、カバーの折り返しの裏側《うらがわ》に、小さくシールみたいなものが貼《は》ってあった。よく見ると、赤黒い文字で、なにか細かく書いてある。

文字は本当に小さくて、まるで血を針《はり》の先につけて書いたみたいだ。

ぐっと顔を近づけて目を細めると、そこには信じられないくらい細かな字で、こう書いてあった。

〈この本を万引きした者は地獄《じごく》に落ちろ。この本を万引きした者は地獄に落ちろ。この本を万引きした者は地獄に落ちろ。この本を万引きした者は地獄に落ちろ……〉

おれは慌《あわ》ててお札をはがそうとした。だけど、どうやって貼《は》り付けてあるのか、どれだけ爪《つめ》でひっかいてもまったくとれそうにない。

おれはあきらめて、カバーのその部分を切り落とすことにした。

はさみを取ろうと立ち上がったおれの首筋《くびすじ》に、フッと息がかかった。

「もう遅《おそ》いよ」

おそるおそる振《ふ》り返ると、首に真っ赤な首吊《くび》りの跡《あと》をつけた店長が、すぐ目の前に立っていた。おれが金縛《かなしば》りにあったように動けないでいると、店長はおれの肩《かた》に手をおいて、にやりと笑ってこういった。

「お前も来い」

了

話を読み終えたぼくは、ぴんと来るものがあって、本のカバーを外した。ヒントを探《さが》してあちこち調べたつもりだったけど、カバーの中までは見ていなかったのだ。

暗い色のカバーの下から、やっぱり同じ暗い色の本の本体があらわれる。顔を近づけて、隅《すみ》から隅まで慎重《しんちょう》に見ていくと……。

「あった！」

裏表紙《うらびょうし》の下の方に、本の表紙とほとんど同じ、黒と紫《むらさき》を混ぜたような暗い色で、細かく書き込《こ》みがしてあるのが見つかった。

ぼくはなんとか読み取ろうとしたけど、すぐにあきらめた。日本語でも英語でもない、いままで見たことのないような文字で書かれていたのだ。

ぼくは香代《かよ》ちゃんからスマホを借りると、その文字の写真を撮《と》って信《しん》ちゃんにメールで送った。そして、スマホを手元に置いて、信ちゃんからの連絡を待ちながら、続きを読みはじめた。

第十三話　ふたりかくれんぼ

「ねえ、〈ひとりかくれんぼ〉って知ってる？」

三年C《シー》組の教室で清美《きよみ》が帰り支度《じたく》をしていると、小夜子《さよこ》が話しかけてきた。

「ひとりかくれんぼ？　なにそれ？」

清美が首をかしげる。小夜子はにやっと笑って、清美の耳元に口を寄《よ》せると、

「怪談《かいだん》っていうか、都市伝説なんだけど……まじでやばいらしいよ」

そういって、説明を始めた。

実行するのは、真夜中の午前二時。

用意するものは、ぬいぐるみとお米と赤い糸、それに、刃物と塩水の入ったコップ。ぬいぐるみは、手足がついてるものならなんでもいいけど、必ず名前をつけておく。

「まず、そのぬいぐるみのおなかを切り裂《さ》くんだけど……」

小夜子の言葉に、清美は「かわいそう」と顔をしかめた。

しかも、ぬいぐるみの中から綿《わた》を取り出して、代わりにお米と赤い糸を詰《つ》めるらしい。

「お米は内臓《ないぞう》、赤い糸は血管の代わりなんだって」

おびえたような表情《ひょうじょう》の清美を面白がるように、小夜子は淡々《たんたん》と説明を続けた。

次に、家の中のどこか——お風呂《ふろ》とか洗面所《せんめんじょ》に水を溜《た》めて、赤い糸でぐるぐる巻《ま》きにしたぬいぐるみを、その水の中に沈《しず》める。そして、「最初はわたしが鬼《おに》」と三回唱《とな》えて、家の中を一周してから、ぬいぐるみのところに戻《もど》り、「みーつけた。今度は○○が鬼」と、ぬいぐるみの名前を呼《よ》びながら、刃物でぬいぐるみを刺《さ》す。

「それから、家中の電気を全部消して、家の中に隠《かく》れるんだけど、このとき、必ずそばに塩水を用意しておかないといけないの」

「塩水？」清美《きよみ》は首をかしげた。

「そんなもの、どうするの？」

「このかくれんぼは、隠れてから一時間で終了なんだけど、そのとき、絶対《ぜったい》に塩水を口に含《ふく》んでから終わらないといけないんだって」

それ以外にも細かい決まりはいろいろあって、例えばかくれんぼの途中《とちゅう》で家の外に出たり、自分以外の誰《だれ》かが家の中にいてはいけないのだと、小夜子《さよこ》はいった。

「それって、怖《こわ》すぎない？」

清美《きよみ》が少し鳥肌《とりはだ》のたった腕《うで》をさすりながらいうと、

「だからいいんじゃない。それでね……」

小夜子《さよこ》はふたたび声を落としていった。

「実はうち、今晩《こんばん》、誰《だれ》もいないんだ」

「え？」清美はぞくっとした。

「それって、もしかして……」

「そ」小夜子はにっこり笑った。

「うちで、ひとりかくれんぼやってみない」

「でも、わたしがいたら、ひとりにならないでしょ？」

清美が上目使いにつぶやくと、小夜子はけらけらと笑った。

「だから誘《さそ》ってるんじゃない。いくらわたしでも、ほんとにひとりは怖《こわ》いわよ。ねえ、付き合ってくれるわよね？」

じっと見つめてくる小夜子の目から逃《のが》れるように、清美は足元に視線《しせん》を落とした。

小夜子《さよこ》とは、小学校は違《ちが》うけど、中学に入って、一年生のときに同じクラスになってから、この三年間ずっと仲良くやってきた。

ところが先週、小夜子が狙《ねら》っていた同じクラスの高梨《たかなし》くんと図書館でばったり会って、そのあと二人でお茶しているところを、偶然《ぐうぜん》小夜子に見られてしまい、それ以来、少し気まずくなっていたのだ。だから、ひとりかくれんぼには気乗りしなかったけど、せっかく声をかけてくれた小夜子の誘《さそ》いを断《ことわ》りたくはなかった。

以前にも優等生《ゆうとうせい》の珠代《たまよ》と三人で、小夜子の家に泊《とま》って勉強会をしたことがあるので、今回もそういえば親も許《ゆる》してくれるだろう。

清美はこっそりため息をつくと、小夜子の目を見つめ返してうなずいた。

その日の夜。漫画《まんが》を読んだりアイドルのライブビデオを見ながら時間をつぶした二人は、午前一時になるのを待って、準備《じゅんび》をはじめた。

この日のために買ってきたという、身長三十センチくらいのくまのぬいぐるみをテープルに横たえると、小夜子《さよこ》がお腹《なか》をカッターで切って、中身の綿《わた》を引きずり出す。

そして、お米と赤い糸を代わりにいれて、残った糸でぐるぐる巻《ま》きにすると、リビングのテーブルに置いた洗面器の中に沈《しず》めて、清美《きよみ》の方を振《ふ》り返った。

「名前、どうする?」

「え?」

「くまの名前」

小夜子はニッと笑った。

「名前がないと、かくれんぼができないでしょ」

「え、えっと……」

「思いつかないなら、わたしが適当《てきとう》に考えるね」

小夜子は清美の返事を待たずに、ぬいぐるみの方に向き直ると、

「お前の名前は、べーちゃんだ」

ぬいぐるみの目をのぞきこむようにして、低い声でいった。

「小夜子《さよこ》、それ……」

清美《きよみ》はサッと顔から血の気がひくのを感じながら声をかけた。

「ん？　どうかした？」

小夜子がきょとんとした顔で振《ふ》り返る。

「くまはベアだから、べーちゃん。いいでしょ？」

「う……うん」

清美は固い表情《ひょうじょう》でうなずいた。べーちゃんというのは、田辺《たなべ》という清美の苗字《みょうじ》をもじった、小学校時代の清美のあだ名だったのだ。

だけど、小学校が違《ちが》う小夜子が、そんなことを知ってるはずがない。

清美がただの偶然《ぐうぜん》だと自分に言い聞かせていると、小夜子はぬいぐるみをじっと見つめながら、「最初は小夜子が鬼、最初は小夜子が鬼、最初は小夜子が鬼」と三回唱《とな》えた。

「はい。清美の番だよ」

清美はやめたかったけど、いまさらやめるとも言い出せず、

「最初は清美《きよみ》が鬼《おに》、最初は清美が鬼、最初は清美が鬼」

できるだけ小さな声で繰《く》り返す。

「ほら、行くよ」

小夜子《さよこ》が清美をひっぱって、家の中を一周する。そして、リビングに戻《もど》ると、カッターを大きく振《ふ》りかぶって、

「みーつけた。次は、べーちゃんが鬼だね」

そういって、ぬいぐるみの中心にカッターを深く突《つ》き刺《さ》した。

二人は電気を消して、逃《に》げるようにその場を離《はな》れると、小夜子の部屋の押入《おしい》れに入った。

塩水は事前に用意してある。

押入れの中は真っ暗で、すぐとなりにいるはずの小夜子の影《かげ》さえ分からなかった。

「ねえ……小夜子、いる?」

押入れに入って一分も経《た》たないうちに、静けさに耐《た》えられなくなった清美が声をかけた。

だけど、しばらく待っても返事はかえってこない。不安になった清美が、もう一度呼《よ》ん

でみようかと思ったとき、

「いるよ」

背後《はいご》から低い声が返ってきて、清美は続けて話しかけた。清美《きよみ》は飛び上がりそうになった。

黙《だま》っているとどんどん怖《こわ》くなってくるので、清美は続けて話しかけた。

「なにか怖いことが起こるって、何が起こるのかな？」

「さあ……ただ、聞いた話だと、誰《だれ》もいないはずの家の中で、誰かが歩きまわる足音がしたり、かくれんぼが終わって外に出てみたら、家の中のものが勝手に動いたりしてるらしいよ」

「それって……」

「たぶん、鬼《おに》になったぬいぐるみが、わたしたちを探《さが》してるんだろうね」

清美はごくりとつばをのみこんだ。お腹《なか》を切り裂《さ》かれて赤い糸でぐるぐる巻《ま》きにされたくまのぬいぐるみが、カッターを片手《かたて》に家の中を歩く映像《えいぞう》が頭に浮《う》かぶ。

だけど、息を殺していても、なにかが起こる気配はない。

「……なんにも起こらないね」

清美《きよみ》が少し落ち着きを取り戻《もど》してつぶやいたとき、
カタッ……カタカタッ……

ふすまの向こうで、何か音が聞こえたような気がした。

「え？　なに？」

清美が小夜子《さよこ》の腕《うで》をつかむ。小夜子は笑って、その手をぽんぽんと叩《たた》いた。

「大丈夫《だいじょうぶ》だって」

「でも……」

カタカタッ……カタカタカタッ……

「ほら！」

清美はひそめた声で悲鳴をあげた。さっきよりも、明らかに音が近づいてきている。

「やばいって！　でようよ！」

押入《おしい》れを飛び出そうとする清美の腕を、今度は小夜子がつかんだ。

「それじゃあ、わたしが見てくるから、清美《きよみ》はここで待ってて」

笑って出ていく小夜子《さよこ》を見送って、清美が息を殺して待っていると、

「キャーーーーーーッ！」


突然《とつぜん》、家中を震《ふる》わすような悲鳴が聞こえてきて、清美はとっさに耳をふさいだ。

そのまましばらく様子をうかがうけど、それっきり、なんの音も聞こえてこない。

押入《おしい》れをそっと開けて外に出た清美は、リビングの明かりを点《つ》けて、今度こそ心臓《しんぞう》が止まりそうになった。

テーブルの手前で小夜子がうつぶせになって倒《たお》れている。

そして、洗面器《せんめんき》の中に、ぬいぐるみの姿《すがた》はなかった。

清美がその場で凍《こお》りついていると、ギシッと背後《はいご》で足音がした。

振《ふ》り向くことも出来ずに、清美がカチカチと歯を鳴らしていると、

「みーつけた」

息がかかるほどすぐ後ろで、低く声がした。

「いやーーーっ！」

清美《きよみ》は耳をふさいで駆《か》け出すと、そのままドアを開けて、裸足《はだし》で家の外へと飛び出していった。

静けさの戻《もど》った廊下《ろうか》で、足音はゆっくりと、小夜子《さよこ》に近づいていく。そして——

「小夜子」

呼《よ》びかけの声に、小夜子はガバッと起き上がった。

「どうだった？」

小夜子が聞くと、足音の主——珠代《たまよ》は、ビデオカメラを片手《かたて》にピースサインを出した。

「大成功《だいせいこう》」

それを聞いて、小夜子《さよこ》は弾《はじ》けたように笑い声をあげた。

小夜子が高梨《たかなし》くんのこと好きなのを知ってるくせに、こっそりデートするだけでも信じられないのに、その後謝《あやま》りにもこないなんて、絶対《ぜったい》に許《ゆる》せない——そう思った小夜子は、珠代《たまよ》に協力してもらって、清美《きよみ》を死ぬほど怖《こわ》がらせることにしたのだ。

清美と小学校が同じだった珠代から、清美のあだ名がべーちゃんだったことを聞いた小夜子は、わざわざくまのぬいぐるみを買ってきて、今回の計画を立てた。

自分が清美と押入《おしい》れに潜《ひそ》んでいる間に、珠代にこっそり家に入ってもらう。そして、不気味な物音を立ててもらい、様子を見てくるといって押入れを出て悲鳴をあげ、耐《た》え切れずに後を追ってきた清美を、珠代におどかしてもらうのだ。

小夜子と珠代はリビングに立ったまま、いま撮《と》ったばかりの映像《えいぞう》を再生した。

「いまから二人をさがしてきまーす」

暗い部屋の中で、カメラに向かって笑顔で手を振《ふ》る珠代の姿《すがた》が、おぼろげにうつる。

珠代はリビングの椅子《いす》に手をかけると、左右に揺《ゆ》らして、カタッ……カタカタッ……

と音を立てた。さらに、少し間を置いてから、もう一度、

カタカタッ……カタカタカタッ……

すると、押入《おしい》れから小夜子《さよこ》が出てきた。小夜子はカメラに向かってにっこり笑って手を振《ふ》ると、洗面器《せんめんき》からぬいぐるみを取り出して、台所に隠《かく》した。そして、大きく息を吸《す》うと、

「キャーーーーーーッ！」

思い切り悲鳴をあげて、その場に倒《たお》れた。

ほどなく押入れが開く音がして、清美《きよみ》が這《は》うように現《あらわ》れた。部屋の隅《すみ》でカメラを構《かま》えている珠代《たまよ》に気づく余裕《よゆう》もなく、倒れている小夜子を見つけて清美が立ちすくむ。

カメラはそんな清美の背後《はいご》にそっと近づくと、ささやくような声で、

「みーつけた」

悲鳴をあげながら飛び出していく清美を、二人が大笑いしながら見ていると画面は倒れたままの小夜子のアップになり、さらにカメラを手に近づいていく珠代の背中《せなか》がうつった。

「え？」

その映像《えいぞう》を見て、珠代《たまよ》が大きく目を見開くと、口に手をあてて凍《こお》りついた。

「どうしたの？」

小夜子《さよこ》が画面と珠代を見比べる。珠代は震《ふる》える指でカメラをさしながら、

「……どうしてわたしがうつってるの？」

かすれた声でささやいた。

そのとき、背後《はいご》でビシャッという、まるでぬれたぬいぐるみが足を踏《ふ》み出したような音がした。

二人がそっと振《ふ》り返ると、びしょぬれのくまのぬいぐるみがカッターを手に、にやっと笑ってこういった。

「みーつけた」

了

誰《だれ》かの視線《しせん》を感じて、ぼくはハッと振《ふ》り返った。

だけど、もちろん部屋の中には誰《だれ》もいない。

障子《しょうじ》の向こうでガラス戸が、北風に揺《ゆ》られてガタガタと音を立てているだけだ。

ぼくは少し気になって、最後の場面をもう一度読み返した。

自分が撮《と》っていたはずのカメラの映像《えいぞう》の中に、いつのまにか自分の姿《すがた》が映《うつ》っているというのが、物語の中にとりこまれそうになっているいまの自分と重なって、なんだか嫌《いや》な感じがしたのだ。

もしかしたら、こうしておじいちゃんの家で机に向かって本を読んでいるぼくは、実は誰か別の人が読んでいる本の中の登場人物で、いまこのときも、その誰かがぼくの行動をじっと見て——読んでいるんじゃないだろうか。

ぼくがおかしな妄想《もうそう》にとらわれていると、信《しん》ちゃんから電話がかかってきた。ぼくが電話をとると、

「ブックカースや！」

興奮《こうふん》した信ちゃんの声が、耳に飛び込《こ》んできた。

「ブックケースやなくて、ブックカースやったんや！」

「ブックカース？　なにそれ？」

なんのことか分からなくて、ぼくが聞き返すと、

「やっぱり、本に呪《のろ》いがかかってたんや」

信《しん》ちゃんは少し落ち着いた声で話し出した。

信ちゃんが大学で調べたところによると、はるか昔、まだ印刷技術《いんさつぎじゅつ》も発達していなくて、本がすごく貴重品《きちょうひん》だった時代は、本が盗《ぬす》まれることも多かったので、本の後ろに〈この本を奪《うば》ったり盗んだりしたものに神の怒りがくだりますように〉と呪いの言葉を書くことがよくあったらしい。

「あの文字は梵語《ぼんご》といって、古代インドの言葉なんや。知り合いのつてをたどって、詳《くわ》しい人に読んでもらったら……」

こういうことが書かれていたのだそうだ。

〈この本の持ち主は神であり、この本を奪った者、手に入れておきながら正当な持ち主に

返さない者は、本の呪《のろ》いによって、本に飲み込《こ》まれてしまうだろう〉
「つまり、この本の正当な持ち主は神様で、神様に返さない限り、バチがあたります
よ、っていうことや」
信《しん》ちゃんが、呪《のろ》いの言葉を要約する。
「でも、インドの神様ってどこにいるんだろう……」
ぼくが困《こま》り果ててつぶやくと、
「この文脈やと、別にインドの神様とは限らんらしいで。むしろ、一般的な〈神様〉のこ
とちがうかな、ってその知り合いはいってた」
神様か……
話を聞きながら、なにげなく本の最初の方をパラパラとめくっていたぼくは、あっと声
をあげて手を止めた。
ぼくがはじめにこの本を読んだとき、第一話はたしか『いないいないばあ』だったはず
だ。それが、いつのまにか『星を見る少女』に変わっていたのだ。

しかも、話の舞台《ぶたい》も内容《ないよう》も、ぼくが一昨日香代《かよ》ちゃんに聞いたのとまったく同じ話だ。

どういうことだろう、と考えたぼくは、ふとあることに気づいて信《しん》ちゃんに聞いてみた。

「ねえ、信ちゃん。この本って、いつごろできたか分かる？」

「はっきりとは分からんけど、例の山岸教授《やまぎしきょうじゅ》の研究室にいた先輩《せんぱい》によると、少なくとも何十年も昔から存在《そんざい》するらしい」

やっぱり――ぼくは唇《くちびる》を噛《か》んだ。

何十年も昔に書かれた本に、デジカメとか、タクシーの車載《しゃさい》カメラが出てくるわけがない。

山岸教授がいっていたとおり、この本はやっぱり生きているのだ。

何十人、何百人もの人の手を渡《わた》り歩き、あらたな怪談《かいだん》を取り込《こ》んで、成長しているのだろう。

読んでいるうちに、話が増《ふ》えたり変化していくとなると、最後まで読むこと自体が不可《ふか》能《のう》になってくる。

ぼくは一瞬《いっしゅん》、絶望《ぜつぼう》で体中の力が抜《ぬ》けていくのを感じた。

だけど、もしぼくが本当に、本に飲み込《こ》まれてしまったら、その後はどうなるのだろう。捨《す》てたり燃《も》やしたりすることも考えたけど、たぶん、この本にはそんなことしても無駄《むだ》だろうし……。

ぼくがいなくなったら、ぼくの家族の誰《だれ》か——ぼくをここまで育ててくれた父さんや、いまも病院でがんばっているお母さん、そして、もうすぐ生まれてくる妹にうつってしまうのだろうか……。

そんなこと、させるわけにはいかない。

ぼくは、自分でこの呪《のろ》いを終わりにすると、あらためて決心すると、信ちゃんとの通話を終えて、次の話を読み始めた。

第十四話　闇《やみ》の本

「ねえねえ、『闇《やみ》の本』って知ってる？」

うす暗い図書室のかたすみで、髪《かみ》の長い女の子が、ささやくような声でいった。

「何それ？　怪談《かいだん》？」

ショートカットの女の子が身を乗り出すと、髪の長い女の子はうなずいて、

「世界中の怖《こわ》い話が載《の》ってる本で、その中身が読む人によって変化するんだって。それで、本当の持ち主っていうのがどこかにいて、その持ち主に返さないと呪《のろ》われちゃうの」

「へーえ」

ショートカットの子は、ぶるっと体をふるわせた。そして、髪の長い女の子の後ろを指さしていった。

「ねえ……その『闇の本』って、もしかして、あんな感じかな？」

その指さす方を振《ふ》り返って、髪《かみ》の長い女の子は目を見開いた。

そこには、黒と紫《むらさき》を混ぜたような、深い闇《やみ》の色をした本が落ちていたのだ。

「ねえ、拾ってみない？」

ショートの子が、髪の長い女の子の腕《うで》をつかむ。

「うーん……」

髪の長い女の子が迷《まよ》っていると、

「だめだよ」

背後《はいご》から声がして、ふたりはパッと振り返った。

そこに立っていたのは、若《わか》い男の司書さんだった。

「どうしてですか？」

ショートカットの子が聞く。司書さんは淡々《たんたん》とした口調で語り始めた。

「『闇の本』には、通路を通って早く持ち主のところに帰りたいという思いと、このまま人間の世界に残って、もっとたくさんの人間を向こうの世界に連れて行きたいという邪悪《じゃあく》な思いがあって、常《つね》にこの二つの思いが戦っているんだ。

だから、人間の手におえる本じゃないんだよ」

そういうと、司書さんはその本に手を伸《の》ばして、驚《おどろ》いている二人の目の前で、本を胸《むね》に抱《だ》いたままスッと姿《すがた》を消した。

了

短い話を読み終わると、ぼくは立ち上がって、上着を手に取った。

昨日、もっとヒントになる話はないかとタイトルを順番に見ていったときには、こんな話はなかったはずだ。きっと、「持ち主のところに帰りたい」という思いが、ぼくに何かを伝えるために、怪談《かいだん》の形になってあらわれたのだろう。

ぼくは上着に手を通すと、本を手に部屋を飛び出した。

この話を読むと、『闇《やみ》の本』は「通路」を通って、「人間の世界」から持ち主のところに帰ろうとしていることが分かる。

そして、本の持ち主が神様で、山岸教授《やまぎしきょうじゅ》がわざわざこの町に引っ越《こ》してきたということを考えると、持ち主がいるのはあそこしかないはずだ。

教授はきっと、あと少しのところで間に合わなかったのだろう。

あの隠《かく》し部屋で忘《わす》れられていくはずだったこの本を、ぼくが手にとったのは、持ち主のところに帰りたいという思いだったのだろうか。それとも、もっと人間を連れて行きたいという邪悪《じゃあく》な思いだったのだろうか。

そんなことを考えながら、ぼくは全速力で神隠《かみかく》し神社へと向かった。

いつもなら、走ってほんの数分の道のりが、どういうわけかすぐに息が切れてしまい、到着《とうちゃく》するのに十分以上かかってしまった。

やっぱり、かなり体力が消耗《しょうもう》しているみたいだ。

それでも、気力をふるいたたせて、ぼくは鳥居《とりい》をくぐった。

境内《けいだい》には誰《だれ》もいない。空一面を灰色《はいいろ》の雲がおおっていて、いまにも雪が降《ふ》り出しそうだ。

息を整えたぼくが、砂利《じゃり》を踏《ふ》みしめて、神社の奥《おく》へと足を進めると、お社《やしろ》の背後《はいご》に広がる鎮守《ちんじゅ》の森の入り口で、小さな人影《ひとかげ》が手招《てまね》きするのが見えた。どうやら子どものようだ。

あの絵本に出てきた子どものように、昔の着物を着て、髪《かみ》を結っている。

それはまるで、漫画《まんが》や映画《えいが》に出てくる座敷童子《ざしきわらし》みたいだった。

ぼくが思っていた「通路」はこっちじゃないんだけどな……そんなことを思いながらも、ぼくは手招きに誘《さそ》われるように森へと足を踏み入れた。

人影は軽やかな足取りで、奥へ奥へと入っていく。

「おーい」

ぼくが本を高くかかげながら、呼《よ》び止めようとしたそのとき、

「うわっ！」

突然《とつぜん》、足の下から地面がなくなって、ぼくは急な斜面《しゃめん》を何本もの木にぶつかりながら、転がり落ちていった。

しばらくして、ようやく止まったけど、体がまったく動かない。あたりも真っ暗で、本が手元にあるのが、なんとなく分かるくらいだ。

斜面《しゃめん》の上の方から、ささやくような、悪意に満ちた声がかすかに聞こえてくる。

「やったぞ」

「いや、まだ息がある」

「次はどんな人間に、あの本を渡《わた》そうか」

「好奇心《こうきしん》の強いやつがいいんじゃないか？　怖《こわ》い話が好きな子どもとか……」

「あの本さえあれば、人間をいくらでもおれたちの世界に連れていけるからな」

「しかし、しぶといな」

「まあ、待て。あと少しだ。除夜《じょや》の鐘《かね》が鳴り終わるころには、本に飲み込《こ》まれているだろう。そうすれば……」

この本を、あいつらの手に渡したらだめだ……そう思いながらも、ぼくの意識《いしき》はそのまま遠のいていった。


どれだけの時間、気を失っていたのだろうか。

ほおに冷たい感触《かんしょく》を感じて、ぼくは目を覚ました。

ふわっといいにおいがして、長い髪《かみ》の毛のようなものがぼくの顔をなでていく。

そっと目を開けると、髪の長い女の人がそばに座《すわ》って、ぼくのほおを優《やさ》しくなでてくれていた。

「母さん……？」

ぼくがつぶやくと、母さんはにっこり微笑《ほほえ》んで、そのままスッと姿《すがた》を消した。

こ落ちていた木の枝《えだ》を杖《つえ》代わりにして、なんとか立ち上がった。体のあちこ
が光り、どこか遠くの方から除夜《じょや》の鐘《かね》が聞こえてきた。

を奪《うば》われているせいで、思うように体が動かない。

け出すと、
ってきた。


「みーつけた」

息がかかるほどすぐ後ろで、低く声がした。

「いやーーーっ！」

清美《きよみ》は耳をふさいで駆《か》け出すと、そのままドアを開けて、裸足《はだし》で家の外へと飛び出していった。

静けさの戻《もど》った廊下《ろうか》で、足音はゆっくりと、小夜子《さよこ》に近づいていく。そして——

「小夜子」

呼《よ》びかけの声に、小夜子はガバッと起き上がった。

「どうだった？」

小夜子が聞くと、足音の主——珠代《たまよ》は、ビデオカメラを片手《かたて》にピースサインを出した。

「大成功《だいせいこう》」

「それじゃあ、わたしが見てくるから、清美《きよみ》はここで待ってて」

笑って出ていく小夜子《さよこ》を見送って、清美が息を殺して待っていると、

「キャーーーーーーーッ！」

突然《とつぜん》、家中を震《ふる》わすような悲鳴が聞こえてきて、清美はとっさに耳をふさいだ。

のまましばらく様子をうかがうけど、それっきり、なんの音も聞こえてこない。

開けて外に出た清美は、リビングの明かりを点《つ》けて、今度こそ心臓《しんぞう》が止
なって倒《たお》れている。

った。

た。

思いながら、

「強志《つよし》、大丈夫《だいじょうぶ》か？」

ぼくを抱《だ》き起こそうとする信《しん》ちゃんに、

「これを、お社《やしろ》の中に……」

ぼくはそういって、『闇《やみ》の本』を差し出した。

信ちゃんはすぐにその意味を理解《りかい》したらしく、力強くうなずいて本を受け取ると、お社に向かって走り出した。そして、石段《いしだん》を駆《か》け上がると、観音開《かんのんびら》きの扉《とびら》を開いて、本を投げ入れた。

すると、お社の中から、まっ白な光があふれ、

「…………」

ほんのかすかに、高く澄《す》んだ声のようなものが聞こえてきた。

ぼくにはそれが、まるで誰《だれ》かが「ありがとう」といっているように聞こえた。

ホッとして気が抜《ぬ》けたぼくが、砂利《じゃり》の上に倒《たお》れこんだとき、

ゴ――――ン……

ひときわ高い除夜《じょや》の鐘《かね》が、冬の空気を震《ふる》わせた。

ぼくたちは顔を見合わせると、にっこり笑って声をそろえた。

「あけましておめでとう!」


あとから聞いた話では、ぼくがいないことに気づいて、家は大騒《おおさわ》ぎだったらしい。

夜になっても帰ってこないので、もう少しで警察《けいさつ》やうちの父さんに連絡《れんらく》するところだったんだけど、信《しん》ちゃんが「心当たりがあるから」といって、とめてくれたのだそうだ。

神社から家に帰る途中《とちゅう》、

「どうして、あの場所が分かったの？」

とぼくは聞いた。本をお社《やしろ》に返して、すぐに戻《もど》ってくるつもりだったので、書き置きも何も残していなかったのだ。すると、

「陽子《ようこ》ちゃんが教えてくれたの」

香代《かよ》ちゃんが意外な名前を口にした。

ぼくがいなくなったことに気づいて、あちこち探《さが》し回っていた香代ちゃんのところに、神社への横道に入っていくぼくを見かけたと陽子さんから連絡《れんらく》があったのだそうだ。なんとなく様子がおかしかったので、胸騒《むなさわ》ぎがして連絡したのだと、陽子さんはいっていたらしい。

その話を聞いて、もしかしたら、あの神社の近くに住んでいて、神隠《かみかく》しを目撃《もくげき》した香代ちゃんの友だちというのは、陽子さんのことだったのかもしれないな、とぼくは思った。

年が明けて三日目。ようやくあちこちの怪我《けが》も治ってきて、正月休みを楽しんでいたぼくのもとに、父さんから興奮《こうふん》した様子で連絡《れんらく》がはいった。

予定日より早いけど、もうすぐ赤ちゃんが生まれそうだというのだ。

電車を乗り継《つ》いで戻《もど》ったぼくが、父さんと一緒《いっしょ》に病院にかけつけると、ベッドの上ではお母さんが、いままで見たことのないような真っ赤な顔をしてうなっていた。

ぼくがどうしていいのか分からずにおろおろしていると、しばらくして、お母さんは別の部屋へと運ばれていった。いよいよ生まれるらしい。

父さんは生まれる瞬間《しゅんかん》に立ち会うために、一緒に入っていったけど、ぼくはちょっと怖《こわ》かったので、廊下《ろうか》で待つことにした。

長い長い時間が過ぎたような気がしたけど、あとから聞いたら、一時間もかからなかったらしい。

ドアの向こうから、力強い赤ちゃんの泣き声が聞こえてきた。

やがて、ドアが開いたかと思うと、額《ひたい》に汗《あせ》を浮《う》かべた父さんが、満面の笑みを浮かべながら、ぼくを手招《てまね》きした。

中に入ると、お母さんの顔も汗《あせ》と涙《なみだ》でぐしゃぐしゃだった。

ぼくは、こういうとき、なんていえばいいんだろうと考えた。

おめでとう、というのはなんだか他人行儀《たにんぎょうぎ》だし、ご苦労様ではえらそうだ。お疲《つか》れ様っていうのも、なんか違《ちが》う気がする。

考えすぎて、よく分からなくなったぼくは、考えるのをやめて口を開いた。

「ありがとう、母さん」

母さんは、ちょっと驚《おどろ》いた様子で目を見開いてぼくを見つめると、それから涙《なみだ》を浮《う》かべてうなずいた。

ぼくは、となりの保育器に寝《ね》かされている小さなぼくの妹を見た。赤ちゃんって、こんな顔をしているのか。なんだか、予想してたのと全然違《ちが》ったけど、すごく可愛《かわい》いと思った。

ぼくは妹に顔を近づけると、

「いないいないい～」

といいながら、両手で顔を隠《かく》した。

「生まれたばかりの赤ちゃんは、まだ目が見えないんだぞ」

父さんの苦笑するような声が聞こえる。だけど、ぼくはかまわずに、どきどきしながら
パッと手を開いた。
「ばあっ!」
神様のように澄《す》んだ笑顔が、目の前にあった。

緑川聖司（みどりかわ　せいじ）
2003年『晴れた日は図書館へいこう』が第1回日本児童文学者協会長編児童文学新人賞を受賞。作品に『プールにすむ河童の謎』、『ちょっとした奇跡 晴れた日は図書館へいこう2』（以上小峰書店）があり、短編に「三月の新入生」（『7days wonder 紅桃寮の七日間』所収／ポプラ社）などがある。大阪府在住。

竹岡美穂（たけおか　みほ）
人気のフリーイラストレーター。おもな挿絵作品に「文学少女」シリーズ、「ヒカルが地球にいたころ」シリーズ（ともにエンターブレイン）、「千年の時」シリーズ（学研）など多数ある。埼玉県在住。

2014年4月　第1刷　　2023年2月　第7刷

図書館版 本の怪談シリーズ⑪

番外編《ばんがいへん》　忘《わす》れていた怪談《かいだん》　闇《やみ》の本《ほん》

作　**緑川聖司**
絵　**竹岡美穂**
発行者　千葉 均
発行所　株式会社ポプラ社
〒102-8519　東京都千代田区麹町4-2-6　8･9F
ホームページ www.poplar.co.jp
印刷・製本　中央精版印刷株式会社
タイトルロゴデザイン 濱田悦裕　表紙デザイン 小谷瑞樹

ISBN978-4-591-13890-8　N.D.C.913　263p　18cm